손바닥 자서전 특강

내 이야기를 기록하는
가장 쉬운 글쓰기 안내서

───── 소설가 강진·글쓰기 강사 백승권의 ─────

손바닥 자서전 특강

강진·백승권 지음

한겨레출판

기억을 따라가는 여행

기억

모든 것을 기억하는 사람이 있었습니다. 그는 시계처럼 정확한 시간을 기억했고, 누구와도 만나려 하지 않았습니다. 그는 1882년 4월 30일 새벽 남쪽 하늘에 떠 있던 구름의 형태를 기억했고, 단 한 차례 본 스페인식 장정의 어떤 책에 있던 줄무늬들도 기억했습니다. 네그로강에서 노가 일으킨 물결들의 모양을 비교할 수 있었고, 심지어 꿈과 비몽사몽간의 일들을 모두 복원할 수 있었습니다. 그는 오래되고 아주 사소한 일들까지 모두 기억했습니다.

그의 이름은 '푸네스'.

보르헤스의 소설《기억의 천재 푸네스》의 주인공입니다. 그는 이렇게 말합니다. '나 혼자 가지고 있는 기억이 세계가 생긴 이래 모든 사람이 가졌을 법한 기억보다 많을 거예요'라고.

기록

푸네스의 기억 창고를 들여다볼 수 있다면 어떤 광경일까요? 아마 방대한 기억들이 저마다의 모양으로 뒤죽박죽 얽혀 있을 것입니다. 기억이 삶이라고 할 때, 정리되지 않은 푸네스의 기억을 가지고 그의 삶을 뭐라고 말할 수 있을까요? 체계화되지 않은 기억 더미는 결국 아무것도 기억하지 못하는 것과 같습니다.

소설 속 푸네스처럼 모든 것을 기억하는 사람은 없습니다. 기억이란 저장되는 순간부터 무엇을 기억할지 결정하고 각인되거나 혹은 희미해집니다. 기억된 것들도 해석, 변형됩니다. 그것보다 기억의 범주에 들어가지 못하고 사라져버리는 것들도 많습니다. 기록은 기억을 분류하고 정리하는 구체적인 행위입니다. 기록하지 않은 기억은 아마 푸네스의 기억 창고처럼 뒤죽박죽 상태가 아닐까요?

이야기

기억을 기록하면 이야기가 됩니다. 이야기야말로 우리의 기억을 눈에 보이게 저장할 수 있는 가장 좋은 방법입니다. 경험도, 감각도,

상상도 이야기로 만들 수 있습니다. 많은 사람이 이야기의 힘을 믿었고, 기적을 만났습니다. 이야기로 기록된 것은 실제 우리의 삶보다 위대할지도 모르겠습니다.

이 책은 '자서전 쓰기' 강의에서 활용했던 방법과 수강생들의 질문들을 바탕으로 하여 썼습니다. 거창한 글쓰기가 아니라 소소한 삶을 기록하고 싶은 분들을 위한 책입니다. 그런 의미로 '손바닥 자서전'이란 제목을 붙였습니다.

글쓰기 강의를 하면서 자신의 이야기를 글로 쓰고 싶어 하는 분들을 많이 만났습니다. 그분들 대부분은 글쓰기 강의를 들으러 여기저기 돌아다닙니다. 하지만 정작 두려워하는 것은 아이러니하게도 직접 글을 쓰는 것이었습니다.

우리는 강의 시간에 직접 글을 썼고, 쓴 글을 보면서 함께 이야기를 나눴습니다. 글쓰기 과정에서 겪는 어려움에 대한 구체적인 질문들이 오갔습니다. 이 책의 내용은 그 질문과 고민의 과정으로 채웠습니다. 아직 우리의 질문이 끝나지 않았으므로 아직 미완의 내용이라고 할 수도 있습니다. 하지만 앞으로 다른 내용으로 더 채워진다고 해도 '일단 글을 쓴다'라는 첫 번째 원칙은 변함이 없을 것입니다.

글쓰기 이론을 잘 안다고 해서 글을 잘 쓰는 것은 아니라고 생각합니다. 그런 의미에서 이 책은 실제 활용할 수 있는 내용으로 채웠습니다. 일반 글쓰기 책에서 다루는 글쓰기 절차나 이론은 꼭 필요한 것만 넣었습니다. 이 책을 읽고 많은 분이 직접 글을 써보았으면 합니다. 그리고 글을 쓰면서 생긴 의문을 풀어가는 안내서로 활용했으면 합니다. 무엇보다 강의 시간에 쓴 원고를 책에 실을 수 있도록 기꺼이 허락해주신 수강생 여러분에게 감사의 말씀을 드립니다.

리베카 솔닛은 '글쓰기는 누구에게도 할 수 없는 말을 아무에게도 하지 않으면서 동시에 모두에게 하는 행위'라고 했습니다. 웅얼거리듯 내 이야기를 하지만 그 이야기는 모두의 이야기가 될 것입니다. 수면에 일어나는 물결의 무늬처럼 소리 없이 번져나갈 것입니다.

이야기의 힘을 믿고 지금 시작하면 됩니다.

차례

Part 1

무엇을 쓸 것인가

나의 삶을
기록한다는 것

기억이
나를 본다

＊

기록은 기록 이상의 의미를 갖습니다. 그 과정에서 우리는 지나온 시간과 맞닥뜨리게 됩니다. 화려한 모습도 있겠지만 애잔하고 처연한 모습도 있겠지요. 과거의 자신을 온전히 마주 볼 수 있을 때 현재의 삶이 단단해집니다. 비로소 자신의 삶을 소중하게 기념할 수 있고, 또 놓아줄 수도 있습니다.

과거의 자기 삶을 기록한다는 것은 결국 천천히, 아주 천천히 기억의 숲속을 거니는 일입니다. 기억을 숲이라고 떠올린 것은 토마스 트란스트뢰메르의 이 시 때문이 아닌가 합니다.

유월의 어느 아침, 일어나기엔 너무 이르고
다시 잠들기엔 너무 늦은 때.

밖에 나가야겠다, 녹음이
기억으로 무성하다, 눈 뜨고 나를 따라오는 기억.

보이지 않고, 완전히 배경 속으로

녹아드는 완벽한 카멜레온.

새 소리가 귀먹게 할 지경이지만,

너무나 가까이 있는 기억의 숨소리가 들린다.

―토마스 트란스트뢰메르, 〈기억이 나를 본다〉

'기록하다(re-cord)'라는 말은 're(back)'와 'cord(heart=mind)'가 결합해 만들어진 단어입니다. 그대로 해석해보면 '무엇이 마음속에 있는지 되돌아보다'라는 의미가 됩니다. 옛날에는 중요하고 소중한 것을 우리의 심장(cord=heart)이 기억한다고 믿었던 모양입니다. 우리말의 '가슴에 새기다'라는 말도 이런 연유에서 생겨난 말이 아닐까 짐작해봅니다.

우리 삶을 기록한다는 것은 무엇일까요?

어원으로부터 의미를 확장해보면 '가슴에 새겨진' 소중하고 중요한 기억을 따라가보는 것이라고 말할 수 있습니다. 아무리 빨라도 이미 과거의 영역인 '기억'을 따라가보는 이유는 그 기억이 현재의 삶에 영향을 미치는 까닭이겠지요. 기억을 좇아가서 기록해보는 이 일은 어떻게 보면 지극히 단순해 보입니다. 기억이란 늘 우리와 함께 있고 그것을 글로 쓰기만 하면 되니까요. 핸드폰에 저장된 사진을 찾아보거나 앨범을 꺼내보는 혹은 오래된 편지 더미 속에서 이미 글씨가 번져 흐릿한 사연을 따라가는 일처럼 말입니다.

하지만 '기록하다'라는 말의 어원에서 봤듯이 삶을 기록하는 것은 마음속을 깊이 찬찬히 들여다보게 한다는 점에서 앨범이나 편지를 보는 것과는 조금 다릅니다. 우리가 살아왔던 삶이 기억의 숲이라고 가정한다면 사진을 보며 회상하는 것은 높은 곳에서 그 숲을 내려다보는 것과 비슷한 일입니다. 숲에 어떤 나무가 있는지, 전체적으로 나무 상태가 어떤지, 숲 너머의 풍경이 어떤지 볼 수 있습니다. 하지만 그것뿐이지요.

'기록한다'는 것은 그것보다는 좀 더 가까이 기억의 숲을 헤매는 일입니다. 천천히 걸으면서 숲의 냄새를 맡고, 나뭇가지가 흔들리는 소리를 듣고, 나무들을 살피는 일이지요. 나무 사이를 걸을 때, 어디에서 바람이 불어오는가에 따라 냄새가 다르다는 것도 알게 될 것입니다. 햇볕이 많이 내리쬐는 곳엔 어떤 나무가 잘 자라며 그 그늘엔 어떤 나무가 움츠리고 있는지 알 수도 있습니다. 시시각각 달라 보이는 나뭇가지의 그림자도 목격할 것입니다.

또, 땅 위로 드러난 나무뿌리를 더듬어볼 수도 있습니다. 그 나무뿌리처럼 우리에겐 파묻고 싶어도 흙 밖으로 드러나는 기억이 있습니다. 어쩌다 불에 탄 흔적을 발견하기도 하고, 가끔은 삭정이를 만나기도 할 것입니다. 잘 자란 나무보다 우리는 삭정이 앞에서 오래 머물지도 모릅니다. 올려다보면 나뭇잎의 잎맥이 투명하게 보일 테지요. 그 잎맥처럼 어느 날엔 기억이 하도 투명해서 푸르고 선명하게 모습을 드러내는 경험을 할지도 모릅니다. 그것은 어떤 기억인가요?

　이제부터 아주 천천히 기억의 숲속을 거닐어볼 것입니다. 아마 이 책은 숲을 거닐며 발견하는 것들과 숲에서 만난 것들을 어떻게 대할 지 그 방법을 알려주는 안내서가 될 것입니다. 마치 숲 해설사의 설명처럼 말입니다.

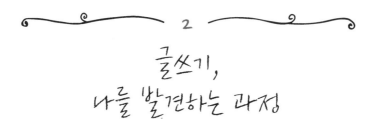

2

글쓰기,
나를 발견하는 과정

*

이 책은 자신의 삶을 기록하고 싶은데 그 방법을 모르거나 방법을 안다 해도 실천하기 쉽지 않은 사람들을 위한 책입니다. 한 걸음 한 걸음 따라가다 보면 어느덧 기억 속에만 있던, 정리되지 않은 자신의 삶이 기록되어 있는 것을 발견하게 됩니다.

제주도 성산일출봉에 오른 적이 있습니까? 성산일출봉은 바다 속에서 폭발해서 만들어진 분화구입니다. 평지에 우뚝 솟아 있어 멀리서 봐도 모습이 선명하고, 아름답고, 웅장해 보입니다. 눈으로 보면 그 위용에 압도되지만 성산일출봉은 높이가 해발 180m에 불과합니다.

손으로 꼽아보진 않았지만 지금까지 제주도에 꽤 여러 번 갔습니다. 그때마다 성산일출봉이 일정에 있었던 것만은 확실합니다. 하지만 성산일출봉을 올라간 적은 없었습니다. 일출봉을 아래서 바라보거나 지나가면서 차창 너머로 올려다봤습니다. 자전거로 제주도 일주를 했던 적도 있었는데 그때도 멀리서 바라보고 지나갔습니다. 그러고는 제가 본 것이 성산일출봉이라고 생각했고, 누군가 성산일출봉에 가봤냐고 물어오면 당연히 가봤다고 대답했습니다.

지난해, 제주에 갈 일이 있었고, 다시 성산일출봉에 갔습니다. 제주시에서 동쪽 해안을 따라 섬을 한 바퀴 도는 일정이었습니다. 1132번 해안도로를 끼고 구좌읍에서 하도리를 지날 때 멀리 성산일출봉이 보였습니다. 날씨가 흐려서 또렷하지 않았지만 기억 속의 성산일출봉과 크게 다르지 않았습니다. 하지만 이야기는 여기서 끝나지 않습니다. 함께 간 친구가 성산일출봉에 올라가자고 제안했습니다. 한 번도 성산일출봉을 올라가본 적이 없는 저로서는 친구의 제안이 좀 의아했습니다. "저길 굳이 올라갈 필요가 있어? 뭐 특별한 게 있어?" 저는 그렇게 대꾸했습니다. 습도도 높고, 기온 또한 만만치 않은데 땀을 뻘뻘 흘리고 올라갈 이유가 없어 보였습니다. 그때까지 제가 아는 성산일출봉은 아래에서 올려다보는 모습이 전부였습니다. 아마 이런 고정관념을 가진 배경에는 성산일출봉 사진을 인쇄한 우편엽서가 한몫한 게 아닐까 싶습니다. 언제 봤는지 모르지만 멀리서 찍은 성산일출봉의 전경이 뇌리에 박혀 있었던 것이지요.

점심만 먹고 지나가려던 일정을 변경해 결국 성산일출봉에 오르기로 했습니다. 가까이 가보니 산 한가운데로 오르는 사람들과 내려오는 사람들의 행렬이 보였습니다. "올라가면 뭐가 보여? 여기서 보는 저 모습이 일출봉 전부 아닌가?" 이런 질문으로 마지막까지 저항했

손바닥 자서전 특강
—
22

지만 매표소에서 표를 끊은 뒤였습니다. 친구는 올라가봐야 성산일출봉의 참 광경을 볼 수 있다고 우겼습니다.

산에 오르기도 전에 땀범벅이 됐습니다. 기온도 높았지만 습도 때문에 땀이 줄줄 흘렀고, 머지않아 머리카락을 타고 뒷목덜미로 땀이 뚝뚝 떨어졌습니다. 땀을 닦으려고 멈춰서 무심히 뒤를 돌아보았습니다. 바다와 바다를 끼고 만들어진 마을이 한눈에 내려다보였습니다. 방금 우리가 차로 지나온 해안도로도 보였습니다. 산 아래서 그냥 바다라고 생각했던 곳은 육지가 바다를 감싸고 있는 형국이어서 마치 호수 같았습니다. 산 아래서 보던 바다와 풍경도 달랐지만 바다에 대한 생각이 좀 더 구체화되었습니다. '바다'가 아니라 '육지로 둘러싸인 마치 호수처럼 보이는 바다'라고 말입니다. 마을은 낮은 지붕과 새로 들어선 빌딩들이 구분되어 보였습니다.

산 아래에서 성산일출봉을 볼 때 한 번도 산 위에서 내려다보면 어떤 풍경일지 상상해보지 않았다는 걸 그때 처음 알았습니다. 저는 성산일출봉보다 그곳을 오르면서 내려다보이는 풍경에 매료되었습니다. 높이를 달리 할 때마다 좀 더 먼 풍경까지 눈에 들어왔고, 방향을 조금만 바꿔도 완전히 다른 세상이었습니다.

'성산일출봉'에 오르기 전까지 '성산일출봉'은 해안을 따라 우뚝 솟은 분화구였습니다. 그 자체로도 아름답습니다. 하지만 산에 오르며 내려다본 풍경은 산 아래에서는 상상할 수 없었던 다양한 모습이었습니다. 그때까지 제가 알았던 성산일출봉은 수많은 성산일출봉의 모습 중 하나일 뿐이었습니다.

성산일출봉을 아래서 올려다보는 것은 인생을 그저 피상적으로 보는 방법입니다. 참다운 묘미는 각자가 체험한 것 안에 있지요. 진짜 성산일출봉의 모습은 산에 오르며 그 작은 산에 얼마나 다양한 풀과 나무가 자라고 있는지, 빈틈없이 우거진 나무들이 자라고 있는지, 새들이 살고 있는지, 기이한 바위들이 있는지 자세히 들여다보는 것에 있는 게 아닐까요. 그 산을 누비며 사는 길고양이도 만나고, 쉬면서 내려다봤을 때 펼쳐진 풍경 속에 있었던 것은 아닐까요. 그날, 우리는 산중턱에서 길고양이 한 마리를 만났습니다. 녀석은 몹시 배가 고픈 듯 매점 주위를 서성거렸습니다. 먼 바다의 안개가 걷히자 희미하게 우도가 눈에 들어왔습니다. 아마 성산일출봉에 오르지 않았다면 아직까지 멀리 보이는 모습이 그 산의 전부라고 생각했겠지요.

기록하지 않고는 자신이 누구인지 알 수 없다

"내 이야기를 쓰면 책 몇 권은 될 거야." 이렇게 말하는 사람들은 성산일출봉에 오르면서 경험한 것을 이야기로 기록하고 싶은 사람들입니다. 하지만 그 말만으로는 성산일출봉을 아래에서 올려다보는 것과 다름없습니다. "아, 저 정도 높이의 산이구나. 평지에 우뚝 솟아 있으니 멋있네." "그림엽서에서 보던 것과 똑같구나." "실제로 보니 블로그에서 보던 사진들보다 더 장관이네." 이런 말과 비슷한 말입니다.

삶을 기록한다는 것은 피상적으로 올려다봤던 성산일출봉을 직접 올라가보는 것과 비슷합니다. 이 과정을 통해서 삶을 복기(復碁)하고, 그때까지 미처 발견하지 못하고 깨닫지 못한 것들을 찾을 수 있습니다. "내 이야기는 책 몇 권은 될 거야"라는 막연한 말과는 차원이 다른 행위입니다.

기록해보지 않고는 자기가 누구인지 알 수 없습니다.

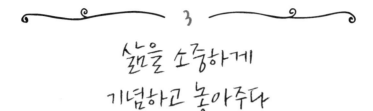

삶을 소중하게
기념하고 놓아주다

*

누군가가 우리를 기억하고 우리의 삶에 대해 이야기한다면 우리는 살아있는 게 아닐까요? 하지만 기억은 기록해야만 전승될 수 있습니다.

'모든 사람의 삶은 한 권의 책이다'라는 말이 있습니다.

태어나서 죽을 때까지 여러 과정을 거치고, 매일 다른 삶을 산다는 면에서 보면 책 속의 이야기처럼 연속성을 갖습니다. 그러나 막상 지나온 시간을 회상해보면 연속성이 없습니다. 기억은 뚝뚝 끊겨 있거나 몇 년씩 건너뛰어 있습니다.

한 사람의 삶을 자세히 들여다보면 굴곡도 많고, 사연도 많습니다. 시간이라는 더께가 쌓여 있는 것이 책 페이지와 비슷하다면 모든 사람의 삶은 한 권의 책일 수 있습니다. 하지만 그 쌓인 책 페이지가 아무것도 인쇄되어 있지 않다면 책이라고 말할 수 있을까요?

삶은 이야기로 남습니다. 제 할머니는 처음부터 이야기로만 있었습니다. 제가 태어나기도 전에 돌아가신 할머니의 삶을 저는 이야기로만 들었습니다. 할아버지 방 한 켠에 할머니 초상이 걸려 있었는데, 쪽진 머리에 하얀 한복을 입고 있는 할머니 모습이 어린 저에겐 조금 무섭게 느껴졌습니다. 할아버지는 가끔 허공을 보며 할머니 얘기를 들려주셨습니다. 대부분 할머니 자랑이었지요. 할아버지의 이야기를 들으면서 할머니 모습은 저에게 조금씩 구체화되었습니다. 어느 날부턴가 초상화 속 할머니가 무섭기는커녕 친근하게 느껴지더군요. 할머니의 삶을 이야기해주시던 할아버지도 돌아가시고 이제는 제 기억 속의 할머니도 가물가물합니다. 언젠가는 이야기 속의 할머니마저 사라져버리겠지요.

삶은 기억이고, 기억은 기록될 때에만 전승될 수 있습니다. 두꺼운 책일지라도 그 안에 기록된 것이 없다면 책으로써 의미가 없습니다. 그래서 인생이 한 권의 책이 되기 위해서는 기록의 과정을 거쳐야만 합니다. 하지만 자신의 삶을 기록하는 사람은 그리 많지 않습니다. 기록하고 싶어도 시간이 없다거나 마음의 여유가 없다거나 방법을 모르는 경우가 많습니다. 혹여 시간도 있고, 마음의 여유도 있고, 그 방법을 안다고 해도 그것을 실천하는 것은 쉽지 않습니다.

이 책은 자신의 삶을 기록하고 싶은 사람을 위해 쓰였습니다. 한 걸음 한 걸음 따라가다 보면 기억 속에만 있던, 자신의 삶이 기록되어 있는 것을 발견하게 될 것입니다. 흩어져 있던 것들이 분류되고 정리되어가는 걸 느끼게 될 것입니다. 그 과정은 즐거움이지만 때론 고통스럽고 두렵기도 합니다. 대부분의 일이 그렇듯이 말입니다. 지름길이라는 게 있을 수 없습니다. 사실 지름길이란 단어는 원래 없었는데 악마가 달콤한 유혹으로 사용하려고 만들어낸 말일지도 모릅니다. 그런 길은 애초에 없던 것이니 잊고 묵묵히 조금씩 걸어가면 됩니다.

우리는 긴 여정의 출발점에 서 있습니다. 길을 떠나려면 우선 지도가 필요합니다. 이 책이 길을 떠나려는 여러분에게 지도가 되어줄 것입니다. 하지만 이 지도는 큰 길만 알려줍니다. 가다 보면 막다른 골목에 서 있을지도 모릅니다. 목마른데 우물이 어디쯤 있는지도 잘 모릅니다. 어쩌면 산적이 출몰하는 곳이 있을지도 모릅니다. 힘들 때마다 주저앉고 되돌아가고 싶을 것입니다. 그럴 때 당신을 버티게 해주는 것은 뚜렷한 목표입니다.

따라서 우리는 자기 삶을 기록하는 여행을 떠나기 전에 이 여행의 목적을 분명히 해둘 필요가 있습니다. 목표가 확실하면 도중에 포기하고 싶은 마음을 추스릴 수 있습니다. 목표를 생각하며 이겨낼 수 있습니다.

'나는 왜 내 삶을 기록하고 싶은가?'

이 질문의 답이 당신의 목표입니다. 당신이 이 책을 읽기 시작했다면 분명 당신의 삶을 글로 기록하고 싶은 욕망이 있습니다. 그렇다면 왜 자서전이 쓰고 싶은지 스스로에게 질문해봅시다. 생각나는 대로 적어보는 것도 좋습니다. 하나하나 번호를 붙여가며 적으면 됩니다. 머릿속에서 검열할 필요가 없습니다. 오랫동안 검열하는 것에 익숙해 있었다면 이제부터는 검열하지 않고 쏟아내는 연습부터 시작하겠습니다. 어렵지 않습니다. 떠오르는 대로 그대로 따라가면 됩니다. 자서전을 쓰는 이유가 한 가지가 아니라 여러 가지일 수 있습니다. 아니, 이유가 여럿인 것이 당연합니다.

이유를 적었다면 그 종이를 글을 쓸 때 매번 확인할 수 있는 곳에 놓아둡니다. 당신이 떠날 여행에서 이 책이 큰 길을 알려주는 지도라면 여러분 각자가 적은 그 종이는 구체적인 지도입니다. 적힌 몇 가지 이유 중 하나를 고를 필요는 없습니다. 어떤 것이 진짜 이유인지 어떤 것이 지어낸 이유인지 구별할 필요도 없습니다. 자서전을 쓰는 새로운 이유가 생각나면 더 보태도 상관없습니다. 자서전을 쓸 이유가 있다는 것이 중요합니다.

기록은 기록의 과정을 거치면서 그 이상의 의미를 가지게 됩니다. 기록하기 위해서는 반드시 들여다봐야 합니다. 그것도 아주 자세히 말입니다. 그렇지 않으면 쓸 수 없기 때문입니다. 지나온 시간을 들여다본다는 것은 그 장면과 사건뿐만 아니라 거기 묻은 감정까지도 본다는 것을 의미합니다.

4
일단
시작하라

*

글쓰기의 목표를 정하십시오. 그리고 시작하십시오. '왜'라는 질문은
나중에 해도 늦지 않습니다.

까치가 집을 짓는 걸 본 적이 있나요?

어느 해에 까치가 집을 짓는 과정을 관찰한 적이 있습니다. 처음에
는 그게 까치집인 줄도 몰랐습니다. 제가 사는 아파트 아래층 에어컨
실외기 위에 나뭇가지 몇 개가 흩어져 있었을 뿐이었으니까요. 나뭇
가지가 12층 높이 에어컨 실외기 위에 놓여 있는 것이 좀 의아했습니
다. 그런데 하루하루 나뭇가지가 늘어갔습니다. 무심히 늘어놓은 것
처럼 보였던 나뭇가지는 어느 날부터 조금씩 형태를 갖추기 시작했
습니다. 물론 집의 형태를 갖추기까지는 오랜 시간이 걸렸습니다. 그
사이 몇 번 집 짓는 까치를 목격한 적이 있습니다. 까치는 물고 온 나

뭇가지 하나를 이리저리 기울여보고 자리를 잡아 앉히고는 다시 어디론가 날아갔습니다. 아마 다른 나뭇가지를 찾으러 떠났겠지요. 볼 때마다 집은 점점 정교해졌습니다. 어느 날, 새들의 울음소리가 들렸고, 새끼 까치들이 커가는 것을 몇 달 동안 관찰하는 행운을 누렸습니다. 새끼들이 다 커서 첫 비행을 시작할 때까지 말입니다.

자신의 삶을 기록하는 일은 까치의 집짓기와 비슷하다는 생각이 듭니다. 나뭇가지를 물어오는 것이 글감을 찾는 것과 닮았다면, 나뭇가지를 짜맞추는 과정은 글의 구성이나 전체 재구성과 비슷합니다. 하루아침에 이룰 수 있는 게 아니라 매일 조금씩 노력해야 완성할 수 있다는 점도 까치집이랑 비슷합니다.

삶을 기록하는 일이 어려운 것은 전적으로 많은 시간을 투자해야 하는 일이기 때문입니다. 시간만 투자하는 것이 아니라 막대한 정신적 노동을 해야만 합니다. 글을 쓴다는 것은 말로 하는 것보다 조금 더 정교한 노력이 들어가야 합니다. 문자로 기록할 때 어쩔 수 없이 고민해야 하는 수많은 가능성 앞에서 고민해야 하기 때문이죠. 단어 선택, 어조, 문장의 길이, 문법 등등 고려해야 하는 것은 많습니다. 말을 할 때보다 글을 쓸 때 뇌가 더 조직적으로 작동한다고 합니다. 과학적인 근거가 있는지 잘 모르겠지만 글을 쓰면 배는 별로 안 고픈데 달달한 것이 자꾸 당깁니다.

이 책에서는 그 멀고 긴 과정을 지치지 않고 할 수 있는 최선의 방법들을 알려줄 것입니다. '글쓰기'라는 행위가 결코 만만하지 않지만 누구나 할 수 있는 일이라는 것을 깨닫게 해줄 것입니다. 글쓰기 강의에서 처음엔 어떻게 이야기를 풀어갈지 몰랐던 사람들이 점차 구체적인 이야기를 끌어내는 것을 지켜봤습니다. 그분들의 고민을 지켜봤고 함께 글쓰기의 고민들을 풀어나갔습니다. 그런 의미에서 이 책의 내용은 또 하나의 삶의 기록이라고 할 수 있습니다.

우리 모두는 이야기를 잘할 수 있습니다. 인간은 스토리텔링 애니멀로 진화했습니다. 우리가 이야기를 잘할 수 있는 것은 아주 오래전부터 인간은 이야기에 익숙했고, 이미 우리는 이야기투성이 속에 살고 있기 때문입니다. 다만, 자신의 이야기를 쉽게 하지 못한 것은 여러 가지 장애가 있기 때문입니다.

그러나 일단 시작하면 됩니다.

에어컨 실외기 위에 몇 개의 나뭇가지가 놓여 있었을 때 그게 장차 까치 가족의 보금자리가 될 줄 누가 알았겠습니까? 아마 우리의 기록도 그렇겠지요. 기록하기 전에는 자신이 어떤 사람인지 잘 모릅니다. 기록하면서 자신을 어렴풋이 알게 됩니다. 만약 삶의 기억을 정리해본다면 까치집의 형태를 보듯 자기의 모습에 더 가까이 다가가 있지 않을까요? 기록은 과거의 모습이지만 현재의 자기 모습의 총체이기도 합니다.

까치집이 완성되기까지 나뭇가지를 정교하게 엮어내는 기술도 필요했지만 무엇보다 이를 가능하게 한 건 지치지 않는 의지였을 것입니다. 아무리 작은 일이라도 그것을 매일 실천한다는 것은 쉬운 일이 아닙니다. 제가 습작기 때 감동적으로 읽고, 한동안 꾸준히 실천했던 소설가 김연수의 이야기 하나가 떠오릅니다.

2009년 제33회 이상문학상을 받은 김연수는 '문학적 자서전'에서 이렇게 말했습니다.

하루에 15매를 쓸 수 있다면….

첫 번째 연재분을 쓸 때는 희망과 절망, 행복과 고통이 교차했다. 뭔가를 창작할 때, 사람은 그런 격한 감정 상태를 경험하게 되는 것인지도 모른다. 그런데 두 번째 연재분을 앞두고는 오직 고통뿐이었다. 이루 말할 수 없을 정도로 거대한 벽이 나를 가로막고 있었다. 아무리 자료를 읽고 상상해도 그 벽을 뛰어넘을 방법은 보이지 않았다. (…) 그때 편집부에서 전화가 왔다. 출판사 사정 때문에 잡지가 한 호 쉬게 되었으니 원고를 다음 마감일에 맞춰 보내라는 것이었다.

다시 나는 2회분 원고를 쓰기 시작했다. 이번에는 어떤 희망도 갖지 않았고 그렇다고 그 어떤 절망도 없었다. 나는 이미 내 한계를 경험했으니까. 하루에 15매를 쓸 수 있다면 나는 만족했다. 좀 일찍 15매를 쓰게 되면 컴퓨터를 끄고 음악을 들으며 술을 마셨다. 대단한 일을 했으니까. 하루에 15매를 쓴다는 건 그처럼 대단한 일이었다. 어떤 날은 15매를 쓰지 못할 때도 있었다. 그럴 때는 계획을 수정했다. 어쨌든 다음 날에는 15매를 쓸 수 있을 테니까. 그렇게 하루에 15매의 원고를 쓰는 일이 그 당시 내가 바라는 유일한 소원이었다. 그런

게 소원이 되면 다른 모든 것들도 바뀌게 된다. 당연히 술을 잘 마시지 않는다. 기분 나쁜 일이 있어도 화를 내지 않는다. 심지어는 감기도 걸리지 않는다.

—김연수 외 지음,《산책하는 이들의 다섯 가지 즐거움》,
문학사상, 2009, 327~328쪽

김연수는 이 글의 마지막 부분에서 이렇게 말합니다. '이 세상 그 누구도 대신 써주지 않는 15매, 온전히 내가 써야만 하는 15매. 그렇게 나는 글을 쓴다는 건 고독을 대면하는 일이라는 걸, 평생 글을 쓰겠다는 것은 평생 고독을 대면해야 하는 일이라는 걸 알게 됐다.' 아마 한 사람의 작가는 이런 일상의 반복, 15매의 원고를 써야 하는 반복으로 탄생되는 게 아닐까요.

평범한 일상이 반복되어 위대해진 예는 너무도 많습니다. 매일 혹은 일주일 단위로 글쓰기 목표를 정하십시오. 이 글들이 모여 과연 책으로 엮일 수 있을까, 의심하지 않아도 됩니다. 목표가 있으면 '왜'라는 질문이 필요 없습니다. 목표까지 가보고 '왜'라는 질문을 해도 늦지 않습니다. 일단 쓰십시오. 이런저런 일이 생겨서 글쓰기 목표를 달성하지 못했다면 그날부터 다시 계획을 세우면 됩니다. 이 과정을 몇 번이고 되풀이해도 됩니다. 지치지만 않으면 언젠가는 우리 삶의 기록도 마무리되어 있을 것입니다.

제2강

무엇을
쓸 것인가

*

자서전 쓰기는 삶을 하나의 줄에 꿰어보는 행위입니다. 글감을 모으
는 것은 줄에 꿰어 넣을 구슬을 찾는 일이지요. 구슬은 기억 속에 숨
겨져 있습니다.

태어난 순간부터 지금까지의 삶을 시간 순서에 따라 떠올려본 적
이 있습니까? 명상센터나 템플스테이에 참가하면 눈을 감고 지나온
시간을 되돌아보는 프로그램이 있습니다. 자신의 삶을 하나씩 시간
순서대로 차분히 되돌아보는 기회를 갖는 것이지요. 이것은 매우 단
순한 행위처럼 보입니다. 하지만 막상 시작해보면 그리 만만한 일이
아니라는 걸 금방 깨닫습니다.

첫 번째 부딪히는 장벽은 어릴 때 기억을 떠올리고 싶은데 잡념이
끼어드는 것입니다. 며칠 전 친구랑 나눈 얘기가 생각나기도 하고,
집에 남은 식구들은 별 일 없이 지낼까 궁금하기도 하고, 명상이 끝

나면 저녁 메뉴가 뭘까 등등 수많은 생각이 들어옵니다.

　겨우 쓸데없는 생각들을 물리치고 과거의 기억으로 들어갑니다. 그런데 초등학교 6년의 삶이 몇 장면밖에 없습니다. 중학교 3년도 마찬가집니다. 그 긴 시간과 경험이 어디로 사라져버린 걸까요? 신기하게 끄집어낼 기억이 많지 않습니다. 명상을 이끄는 분은 아직 끝을 알리지 않습니다. 살며시 눈을 떠서 옆 사람을 지켜보지만 그 사람도 저랑 비슷한 상황인지 눈을 뜨고 두리번거리다 눈이 마주쳤습니다.

　60년을 산 사람도 대략 30분 정도면 더 생각나는 것이 없다고 합니다. 30분도 아주 세세히 들여다봤을 때 얘깁니다. 60년을 살았는데 고작 30분이 끝이라니. 눈을 감고 자기 인생을 한 바퀴 돌았는데 현실의 시간은 30분에 불과합니다. 물론 기억을 둘러보는 시간과 현실을 사는 시간이 똑같을 순 없습니다. 그런데 이 과정을 반복하면 처음에 떠오르지 않았던 기억이 생각납니다. 까맣게 잊고 있었던 사람이나 장소나 경험이 생각납니다. 기억을 휘저으면 휘저을수록 숨겨두었던 기억과 감정이 일어납니다. 마치 잔잔한 물을 휘저으면 바닥에 가라앉아 있던 흙이 일어나듯 말입니다.

　밑바닥을 들여다보는 것은 두려운 일일 수 있지만 한편으로는 경이로운 일입니다. 글을 쓰면서 특히, 자기 삶을 기록하는 글을 쓰는 과정은 명상센터나 템플스테이에서와 비슷한 경험을 하게 됩니다. 오히려 좀 더 명징하게 자신을 볼 수 있습니다. 글쓰기가 치유의 과정이라는 것은 이런 경험을 하기 때문입니다.

구슬도 꿰어야 보배

　우리의 삶은 영상이 아니라 사진으로 저장되어 있습니다. 신기한 것은 저장된 사진에는 감정이 묻어 있는 경우가 많습니다. 과학적 설명은 아닙니다만 어쩌면 그 감정 때문에 기억되어 있다고 할 만큼 감정이 선명합니다.

　우리가 자서전을 쓰는 것은 결국 자기 삶을 하나의 줄에 꿰는 행위입니다. 글감을 모으는 것은 과거의 기억을 찾아가는 과정입니다. 우선 생각나는 대로 메모해보십시오. 시간 순서로 더듬어서 큰 사건들을 기록하고, 가까운 사람들의 이름을 적어보고 그 사람들과 함께했던 일들을 적어보고, 친구들도 떠올려보고, 옛 연인도 불러보고… 이렇게 하나씩 하나씩 과거로 들어가보면 매일 새로운 것들이 나타날 것입니다. 이런 것도 있었어? 아, 맞아 그때 누구랑 어디를 같이 갔었지. 자기 안으로 더 깊이 들어가면 들어갈수록 더 구체적이고 진실한 자기와 만날 수 있습니다.

　글을 쓰기 시작하면 기억들이 얼마나 뿔뿔이 흩어져 있는지 알 수 있습니다. 그렇다고 실망할 필요는 없습니다. 이제부터 그 기억들을 하나하나 찾아서 기록하면 됩니다. 지금 생각나는 일이 많지 않다고 염려할 필요도 없습니다. 생각지도 않은 곳에서 새로운 기억이 떠오르기도 합니다. 자기 삶을 기록하는 것은 이런 기적 같은 경험을 하게 해줍니다. 각각 흩어져 있던 기억을 하나의 줄에 꿰었을 때 살아온 삶이 가진 힘을 느낄 수 있습니다. 그때그때 상황에 맞게 처신하며 살아온 것 같지만 정리해놓고 보면 일관성 있는 삶의 태도를 찾을 수도 있습니다.

일단 천천히 구슬들을 하나하나 찾아봅시다. 어떤 순서로 배열할 것인가는 나중에 고민해도 늦지 않습니다. 지금 해야 할 것은 가능한 많은 구슬을 찾아내는 일입니다. 학교 다닐 때 소풍 가서 보물찾기를 하던 심정으로 이 바위 밑에, 이 나뭇가지 사이에, 이 낙엽 아래를 뒤적이며 열심히 보물들을 찾아봅시다.

각 장에서 한 가지 질문을 던질 예정입니다. 그 질문을 보고 생각나는 글을 쓰면 됩니다. 문법에 맞지 않아도 되고, 앞뒤 연결이 어색해도 괜찮습니다. 생각나는 걸 무작정 쏟아내봅시다. 글쓰기에서 가장 중요한 '마구 쓰기' 과정입니다. 일단 글의 꼬투리라도 표현하고 나면 글을 늘리거나 고치는 일은 쉽습니다. 이제부터 다함께 마구 쓰기를 통해서 구슬을 찾아볼 것입니다. 아무리 작은 기억도 그것이 값진 구슬이 될 수 있다는 것을 잊으면 안 됩니다.

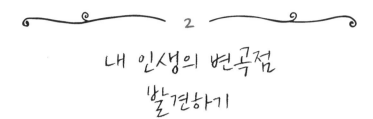

2

내 인생의 변곡점
발견하기

＊

아무리 평탄한 삶을 살았던 사람도 '굴곡'이 있기 마련입니다. 삶은
그 굴곡을 지나며 방향이 바뀝니다. 내 인생의 변곡점은 무엇일까
요? 변곡점을 지나기 전과 그 이후의 삶은 어떻게 바뀌었을까요? 그
것을 찾아 정리해보는 것이 자서전의 큰 줄기가 될 것입니다.

　'변곡점'이란 원래 수학의 함수 용어입니다. 함수가 증가하거나 감
소할 때 추세가 바뀌는 점을 일컫는 말입니다. 변곡점 이전에는 기울
기가 점점 급해지는 추세였다면 변곡점을 지난 후에는 경사가 점점
완만해집니다. 물론 이 반대도 성립합니다. 쉽게 말하면 굴곡의 전환
점을 말합니다.

　기울기의 차이는 있을지 모르지만 직선으로, 평탄하게 살아온 사
람은 아무도 없습니다. 저마다 다른 굴곡을 살아왔습니다. 물론 그
높낮이는 다릅니다. 그것이 물리적 높낮이가 아니니 각자 느끼는 삶
의 높낮이는 차이가 있겠지요. 지나온 몇 가지 굴곡 중 인생의 전환

점을 준 사건이나 장면을 찾아보십시오. 가장 먼저 생각나는 것이 가장 큰 전환점일 가능성이 높습니다. 유명한 사람들의 평전이나 자서전을 읽다 보면 꼭 이런 전환점 얘기가 나옵니다. 그리고 대개 그 지점부터 이야기를 시작합니다.

일본의 건축가 안도 다다오도 그런 사람 중 한 명입니다. 고등학교 시절 아마추어 권투 선수와 트럭 운전사를 했던 그는 대학도 가지 않고 여러 아르바이트를 전전하며 살았습니다. 인생의 변곡점이라 할 만한 사건은 우연히 일어났습니다. 오사카의 헌책방에서 르 코르뷔지에 작품집을 만난 것이 계기였습니다. 그의 자서전《나, 건축가 안도 다다오》에 그 장면이 자세히 적혀 있습니다.

르 코르뷔지에 작품집을 만난 것은 그렇게 장님 더듬듯 독학하는 날들이 계속되던 스무 살 시절이었다. 오사카 도톤보리에 있는 헌책방에서 현대건축 책에 종종 등장하는 르 코르뷔지에라는 이름이 적힌 책을 발견했다. 별 생각 없이 집어들었는데, 책장을 팔랑팔랑 넘기다가 이내 '이거다' 하고 직감했다. 사진과 스케치, 드로잉, 프랑스어 본문이 책 판형에 어울리게끔 아름답게 구성된 레이아웃에 나는 눈을 뗄 수 없었다. 그러나 아무리 헌책이라 해도 주머니 사정이 여의치 않았던 나에게는 비싼 가격이었기 때문에 당장은 살 수 없었다. 그날은 일단 남들 눈에 띄지 않는 자리에 슬쩍 감춰놓고 나왔다. 그 후 근처를 지날 때마다 혹시 팔리지 않았는지 걱정스러워 확인하러 갔다가 잔뜩 쌓인 책 더미 밑에 숨겨놓기를 수차례. 결국 내 손에 들어오기까지는 한 달 가까운 시간이 걸렸다.

(…) 작품을 해설한 프랑스어와 영어는 해독할 수 없었지만 그가 어떤 인물인지 흥미가 일어서 그의 저서 《축을 향하여》 번역본 등을 구해서 계속 읽어나갔다. 그리고 현대건축의 거장 르 코르뷔지에가 사실은 독학으로 성공한 건축가이며 글자 그대로 기성 체제와 싸우며 길을 개척해나갔다는 사실을 알았다. 그렇게 르 코르뷔지에는 나에게 단순한 동경을 넘어서는 존재가 되었다.

—안도 다다오 지음, 이규원 옮김, 《나, 건축가 안도 다다오》,
안그라픽스, 2009, 56~58쪽

결국 이런 변곡점을 거쳐 안도 다다오는 세계를 여행하며 독학으로 건축계의 노벨상이라는 프리츠커상을 수상한 거장이 되었을 뿐만 아니라 일반인에게도 잘 알려진 사람이 되었습니다. 제주도에도 안도 다다오의 건축물이 있습니다. 서울에도 그의 건축물이 지어질 것이라는 기사를 봤습니다.

여러분에게도 안도 다다오만큼 극적인 사건이나 장면이 있습니까? 꼭 극적인 장면이 아니어도 됩니다. 삶의 변화를 가져다준 계기가 있다면 그것이 변곡점입니다. 변곡점은 어떤 사건일 수도 있고, 어떤 사람과의 만남일 수도 있고, 우연히 읽은 책의 한 문장일 수도 있습니다. 혹은 무심히 바라보는 풍경일 수도 있습니다.

여러분의 변곡점은 어느 지점인가요? 그날, 그 장면을 떠올려보고 생각나는 대로 메모를 해봅시다. 단어 하나도 좋고, 문장 하나도 좋습니다. 그것이 사물이어도 괜찮고, 감정이어도 상관없습니다. 이것들이 모여 하나의 장면을 만들 것입니다.

이제 찾은 변곡점을 글쓰기에 반영해보겠습니다. 우선 변곡점에서 겪은 사건이 있기 전과 그 이후 내 삶이 어떻게 변화했는지 살펴봅시다. 전후의 변화를 간단히 메모해도 좋습니다. 앞에서 인용한 안도 다다오는 오사카 헌책방에서 르 코르뷔지에의 책을 산 이후 변하기 시작합니다.

> 어느새 나는 식비를 줄여서라도 해외도서, 해외잡지 따위를 닥치는 대로 사들였다. 원문은 해독하지 못해도 페이지를 넘기다 보면 새로운 시대의 바람은 느낄 수 있었다. 서서히 건축 세계의 지평이 시야에 들어오자 자연스럽게 그 공간을 체험해보고 싶어졌다.
>
> 그래서 1963년, 대학에 진학했다면 졸업했을 나이인 스물두 살에 나름의 졸업여행으로 일본 일주에 나섰다. 오사카에서 시코쿠로 건너가 거기에서 규슈, 히로시마를 둘러보고 도호쿠, 홋카이도로 올라갔다.
>
> (…) 1964년 스물네 살이 되던 해, 일본에서 일반인의 해외여행이 자유화되자마자 나는 유럽에 가기로 결심했다. 관광안내서도 없었고 주위에 해외여행을 해본 사람도 없었다. '일단 나가면 돌아오지 못할지도 모른다'면서 풍습에 따라 출발 당일 가족과 친구, 이웃들과 함

게 술 대신 물을 나눠 마셨다. (…) 유럽에 장기간 나가 있는 것은 그런 업무 흐름을 끊고 모아둔 돈을 몽땅 쓰는 일이기도 했다. 하지만 그런 불안보다도 미지의 서구에 대한 호기심이 더 강했다. 우리 세대에서 건축의 역사란 곧 그리스 로마의 고전에서 근대건축에 이르는 서구건축의 역사였다. 사진으로 보는 서구건축에는 섬세하면서도 자연과 일체화하는 일본건축에서는 느낄 수 없는 강렬함이 있어 보였다. 그 강렬함이 무엇인지 본고장에 가서 내 눈으로 직접 확인하고 싶었다.

—안도 다다오 지음, 이규원 옮김, 《나, 건축가 안도 다다오》,
안그라픽스, 2009, 58~61쪽

이렇게 세계 여행을 결심한 안도 다다오는 요코하마에서 배를 타고 시베리아를 거쳐 핀란드, 프랑스, 스위스, 이탈리아, 그리스, 스페인을 돌아봅니다. 물론 그 여행이 그의 인생에, 그의 건축에 끼친 영향은 설명할 필요도 없습니다.

그렇습니다. 안도 다다오가 오사카에서 르 코르뷔지에의 헌책을 만난 것은 우연이었습니다. 그 우연이 안도 다다오의 삶을 전환할 계기를 마련해주었습니다. 아마 모르긴 해도 안도 다다오의 내면에는 어떤 길을 찾고자 하는 강렬한 열망이 있었을 것입니다. 그 열망이 르 코르뷔지에 작품집을 만났을 때 불꽃을 만든 것입니다.

당신 삶의 변곡점에서 겪은 사건이 다른 사람에게는 무지 평범한 사건일 수도 있습니다. 그런데 유독 당신에게만은 영향을 끼친 이유는 무엇일까요? 변곡점이라고 불릴 만한 사건은 삶에 분명한 변화를 줍니다. 변화란 밖으로도 나타나지만 안에서도 일어납니다. 변화란 다른 사람이 아는 것도 있고, 자신만 아는 것이 있습니다. 이 두 가지를 다 생각해봐야 합니다. 특히, 내면의 변화는 오직 자신만이 볼 수 있습니다.

물론 외부에서 닥쳐온 어떤 사건이 가만히 있는 당신을 변화시켰을 수 있습니다. 사건이나 경험뿐만 아니라 당신의 태도나 자세나 감정을 함께 생각해보아야 합니다. 이제 다 과거 일이니까 그 당시보다는 객관적으로, 명확하게 볼 수 있습니다. 어떤 세계 안에 있을 때는 그곳이 어떤 곳인지 잘 모르지만 그 세계 밖에서는 잘 보입니다. 왜 그 사건이 인생의 변곡점이 되었는지는 그 사건을 겪고 난 이전과 이후 삶의 변화에 주목하면 알 수 있습니다. 보이는 변화와 보이지 않은 변화. 이 두 가지를 나누어서 생각해보면 인생의 변곡점을 만들어준 사건에 대해 보다 깊이 있게 접근할 수 있습니다.

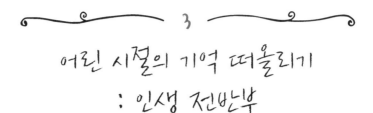

어린 시절의 기억 떠올리기
: 인생 전반부

*

어린 시절의 기억은 의식의 가장 밑바닥에 숨겨져 있기 때문에 건져 올리기 쉽지 않고, 진실을 찾아가기도 힘듭니다. 하지만 삶의 기록은 완벽한 진실이 목적은 아닙니다. 당신이 알고 있는 것을 양심적으로 말하는 것이 최선입니다.

글감을 모으는 동안 어쩔 수 없이 삶을 많이 되돌아봤습니다. 처음에는 생각나지 않았던 것도 어느 순간 떠올랐을 것입니다. 막연한 공간이 좀 더 뇌리에 선명하게 다가오기도 했을 것입니다. 아득해서 몇 장면 안 되었던 어린 시절이 제법 여러 장의 사진이 되었을 것입니다. 기억은 불완전해서 완전하게 복원할 수는 없지만 더 깊이 들여다볼수록 진실에 더 다가갈 수는 있습니다.

삶은 한 사람이 살았던 것 그 자체가 아니라,

현재 그 사람이 기억하고 있는 것이며,

그 삶을 얘기하기 위해 어떻게 기억하느냐 하는 것이다.

—가브리엘 가르시아 마르케스 지음, 조구호 옮김,
《이야기하기 위해 살다》, 민음사, 2007, 서문

우리는 지금 기억을 찾아가고 있을 뿐입니다. 기억을 가지고 한 권
으로 책을 만들려고 합니다. 한 권의 책 이상의 기억이 있을 거라고
막연히 기대하지만 기억은 생각보다 쉽게 표면으로 모습을 드러내거
나 보여주지 않습니다. 설령 기억이 눈에 잡힐 것처럼 선명하다고 해
도 그것을 글로 쓰는 데는 여러 한계가 있습니다.

우선, 우리는 우리의 기억을 믿을 수 없습니다. 어디까지가 사실
이고 어떤 부분이 왜곡되어 있는지 구분하기 쉽지 않습니다. 기억이
란 저장되는 순간부터 왜곡될 수밖에 없습니다. 구체적인 이미지는
없고 관념에 의지한 기억은 대체로 사실과 다를 가능성이 높습니다.
또 어디서 들은 얘기를 그대로 저장하고 있는 경우도 있습니다. 사실
과 다르게 자기에게 유리하게 정리, 보관하고 있기도 합니다. 그래도
믿을 수 있는 기억들은 감각적 체험에 대한 것입니다. 감각적 체험은
시간이 지나도 선명하게 남아 있는 편입니다.

인생 전반부의 변곡점은 대부분 학창 시절에 해당할 것입니다. 감
성이 깨어 있고, 정의에 민감하고, 미래에 대한 희망과 암울이 교차
하는 시기입니다. 논리적 생각을 정립해가는 시기이기도 하죠. 이 시
절에 대한 도움은 그때 가깝게 지낸 친구들의 얘기를 듣는 것이 도움

이 됩니다. 동창회나 모임에 나가서 전반부 변곡점이 되는 어떤 사건에 대해서 물어보십시오. 분명 친구들의 말은 사건을 구체화시키고 객관화하는 데 도움이 될 것입니다. 여러분의 기억과는 많은 부분이 다를지도 모릅니다. 미처 생각하지 못한 뜻밖의 사건에 대해 들을지도 모릅니다. 들은 내용과 기억하는 내용을 잘 조율해서 인생 전반부 변곡점을 정리하면 좋습니다. 사건들의 내용을 쭉 나열하고 그중 하나를 골라 인생 전반부 변곡점으로 사용하면 됩니다. 나머지는 일단 보류해두고 다른 꼭지에 쓰면 됩니다.

　여기 한 편의 글을 옮겨보겠습니다. '변곡점'이라는 말이 실감나는 글입니다.

북조선 인민과 남한 국민의 갈림길

나의 친가와 외가는 모두 경기도 개성이다. 하지만 나는 아버지가 일제 치하에서 황해도 해주와 평산군에서 사업체를 운영하던 시절 평산군 남천읍에서 태어났다.

해방 후 북위 38도선을 기준으로 남과 북이 갈려 나는 자연히 북조선 치하의 인민이 되었고, 초등교육도 그 체제하의 인민학교에 다녔다. 3학년이 되던 해인 1950년에 6·25사변이 났고, 전선이 남북으로 오르락내리락 하던 중 UN군과 국군이 압록강까지 진격해 자유 대한민국으로의 통일이 거의 이뤄질 무렵 중공군의 참전으로 국군과 UN군은 다시 후퇴하게 되었다.

1951년 1월 4일 서울을 다시 적에게 내준 소위 1·4후퇴 시 우리 가족은 북한 치하에서 벗어나기 위해 남한으로 피난을 했다. 아버지는 고등교육을 받았고, 사업체를 운영하는 소위 부르주아 계층으로 북의 공산치하에서는 박해를 받는 처지이기에 미련 없이 상당한 자산을 버리고 월남을 한 것이다. 전쟁 중 월남 피난민으로의 고달픈 삶이야 말할 것도 없지만 어쨌든 서울 수복 후 서울에 정착해 아버지는 다시 사업체를 운영하면서 가정을 잘 추스렸고, 나는 서울의 비교적 명문 중·고등학교와 대학을 나온 대한민국 국민으로 살게 되었기에 현재 북한 인민들의 억압받고 궁핍한 삶을 비교하면서 가장(家長)인 아버지의 선택에 감사하는 마음을 금할 수 없다.

　이 원고는 한 수강생이 15분 만에 쓴 글입니다. 분량은 짧지만 인생 전반부의 변곡점을 잘 잡아냈습니다. 이 글이 한 꼭지가 되기 위해서는 분량이 더 많아야 하겠죠. 일단 이렇게 초고를 써놓으면 분량을 늘리는 일은 어렵지 않습니다. 이 글을 더 늘린다면 아버지와 함께 남쪽으로 내려오던 그날에 대해 자세히 쓰면 좋을 듯합니다. 이 글이 사건을 그냥 서술한 것이라면 이제부터는 좀 더 깊이 자세히 그 하루를 가져올 필요가 있습니다. 정든 집을 두고 떠나는 날이고, 돌아올 기약도 없습니다. 그날의 날씨, 마지막으로 그 집을 떠날 때의 감정, 챙겨왔던 물건들, 두고 온 것들에 대한 미련, 혹시 집에서 기르던 짐승들이 있었다면 두고 올 수밖에 없었던 심정 등등. 그런 세세한 이야기를 보태면 훌륭한 글이 됩니다.

기억의 한 꼬투리라도 일단 글로 기록하는 일이 중요합니다. 강의를 하면서 미리 그날 쓸 소재나 주제를 알려주는 경우는 거의 없습니다. 글을 쓰기 직전 "오늘은 이런 내용으로 글을 써봅시다"라고 말합니다. 그러면 수강생들은 잠시 머뭇거리지만 곧 열심히 뭔가를 씁니다.

신기하게도 기억의 밑바닥에 감춰져 있던 이야기 하나가 글로 옮겨지면 그다음은 쉽습니다. 글이 된 이야기를 물고 다른 이야기가 나타납니다. 몇 장면에 불과했던 어린 시절이 여기저기서 튀어나옵니다. 아득했던 것이 조금씩 선명해지기도 하고, 막연한 공간이 좀 더 구체적으로 변하기도 합니다. 인화지가 마르면서 점점 또렷해지던 사진처럼 말입니다. 변곡점이라고 불릴 만한 어떤 한 지점을 건져 올리는 일은 이래서 의미 있습니다.

기억은 불완전해서 완전하게 복원할 수는 없지만 더 깊이 들여다볼수록 진실에 더 다가갈 수 있습니다. 특히 어린 시절의 기억은 가장 밑바닥에 숨겨져 있기 때문에 건져 올리기 쉽지 않고, 진실을 찾아가기도 힘듭니다. 하지만 삶의 기록은 완벽한 진실이 목적은 아닙니다. 오로지 진실만을 말할 수도 없습니다. 당신이 알고 있는 것을 양심적으로 말하는 것만이 최선입니다.

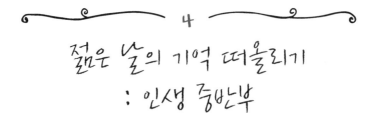

4
젊은 날의 기억 떠올리기
: 인생 중반부

*

인생 중반부는 할 이야기가 많습니다. 하고 싶은 이야기를 키워드 형
식으로 서술해보세요. 그리고 중요한 사건 순으로 번호를 붙여보세
요. 이제 몇 가지를 이야기할 것인지 고르면 됩니다.

아직도 자기 삶을 기록하는 일이 오리무중처럼 보일지 모르겠습
니다. 맞습니다. 아직 오리무중입니다. 무턱대고 한 꼭지씩 쓰고 있
는데 그것이 언제 한 권의 책이 될까 의문이 들지도 모릅니다. 네, 한
권의 책이 되기엔 아직 먼 길입니다. 그러나 언젠가 우리의 삶이 이
야기가 되어 책으로 묶일 것입니다. 먼 곳보다 오늘 쓸 작은 이야기
에 집중하고 차근차근 걸어가봅시다.

오늘은 인생 중반부의 변곡점에 대해 쓸 예정입니다. 겪은 일이 많
아서 변곡점 하나를 고르는 것이 어려울 것입니다. 어느 시기부터를
인생 중반부로 볼 것인가는 각자 판단해도 됩니다. 임의로 '초반' '중

반' '후반'으로 나눈 것이지 큰 의미는 없습니다.

전통적인 한국 사회에서는 이 시기부터 남성과 여성의 삶이 나뉩니다. 그러면서 서로 다른 고민을 하게 됩니다. 60대 이상의 수강생들은 여성과 남성에 따라 글감이 다릅니다. 여성은 결혼, 출산, 자녀 양육, 자녀의 결혼 등으로 이어지고, 남성은 직장생활, 승진, 정년퇴직으로 이어집니다. 일반적인 패턴이 그렇습니다. 그 때문인지 글의 소재가 역할이나 의무에서 벗어나지 못하는 경우가 대부분입니다. 시간이 된다면 인생 중반의 변곡점을 여러 꼭지로 나눠서 써보는 것이 좋습니다. 사회생활, 가정생활, 자녀 양육, 자신이 추구했던 것, 취미, 건강 등 구체적으로 접근할 필요가 있습니다.

물론 더 많은 항목으로 나눌 수 있고, 항목마다 제목을 붙여도 좋습니다. 역으로 인생 중반에 있었던 크고 작은 사건을 나열하고 나서 비슷한 내용의 항목들을 카테고리로 묶을 수도 있습니다. 어떤 방식이든 상관없습니다. 우선 기억에서 많은 이야깃거리를 끄집어내는 것이 필요합니다.

하나의 방법을 제시해보겠습니다. 하고 싶은 이야기를 백지 위에 키워드 형식으로 나열해봅시다. 학업, 취업, 연애, 결혼, 출산, 이직, 여행, 이혼, 육아, 죽음 등등의 키워드로 말입니다. 그리고 각각의 키워드에서 생각나는 사건을 서술해보겠습니다. 나무에서 가지가 뻗어나가듯 써나가면 됩니다. 더 구체적인 일이 생각나면 큰 가지에서 더 작은 가지를 만들어도 좋습니다. 생물학적으로 우리는 하나의 개체지만 복잡한 환경에서 살아갈 수밖에 없고, 여러 역할을 동시에 수행해야만 합니다. 자기 의지와 상관없이 다양한 모습으로 살아갈 수밖에 없습니다. 뻗어나간 사건의 가지들을 보면 자신의 모습이 수없이 변했다는 것을 알 수 있습니다.

어느 정도 메모가 끝났으면 중요한 사건 순으로 번호를 붙여봅시다. 꼭 하고 싶은 말이 있는 사건을 골라도 됩니다. 사건의 내용이 제각각일지라도 그것들을 하나의 연결고리로 묶을 수 있습니다. 꼭 처음 정한 카테고리 안에서 생각하지 않아도 됩니다. 이성과의 사랑 이야기라면 하나의 사랑 얘기를 할 수도 있지만 연애사를 나열할 수도 있습니다. 꿈을 좇던 시간이었다면 그런 사건들만을 골라 쓸 수도 있습니다.

인생 중반부 변곡점 원고 두 편을 보겠습니다.

(가) 절망이 희망의 기회가 되다

내 나이 이제 예순여섯이다. 계산해보니 20대 중반에서 40대 중반까지가 내 인생의 중반부가 된다. 중반부에 나는 교직에 몸담고 모든 열정을 학교와 학교 교육에 쏟고 있었다고 감히 말한다.

1976년 3월 1일 발령을 받고 동대문구 장안동에 있는 남자 중학교에서 4년 근무했다. 초임 교사인지라 여러 업무와 거칠기 짝이 없는 남학생들을 상대하느라 마음고생이 이만저만이 아니었다.

1980년 3월 1일, 집에서 좀 더 가까운 H중학교에 발령받아 4년을 근무했다. 첫 학교에서의 경험을 활용할 수 있는 두 번째 학교인데다 학생들이 온순하고 학업에 열의가 있어 한결 마음 편히 근무할 수 있었다.

그다음은 자동차 매매센터와 고미술품 가게가 밀집한 곳으로 유명한 장안평에 있는 여자 중학교로 가게 되었다. 교통이 불편하고 시간이 많이 걸리고 교육 여건이 좋지 않은 학교로 평이 난 학교라 눈앞이 캄캄했다. 지금도 생각하면 처음 이사 가던 날의 우울한 기분과 약간의 절망감이 느껴진다.

그날은 눈이 올 것 같은 날씨였다. 하늘은 잿빛으로 낮게 드리워져 있었고, 위치를 물어물어 겨우 버스를 탄 후에도 몇 번이나 기사님에게 내릴 곳을 물어서 종점 가까이에서 내릴 수 있었다. 학교 건물은 깨끗하고 운동장이 반듯하고 담벼락에 나무들이 드문드문 심어져 있는데 방학이라 텅 빈 운동장과 교무실은 을씨년스러웠다.

교무실에서 교감 선생님과 교무 부장님을 뵙고 인사를 드렸는데, 두 분이 몹시 실망스런 표정으로 다시 한 번 내 이름을 확인했다. 알고 보니 내 이름이 '남자 이름'이라 남 교사가 온다고 희망에 부풀어 있었는데, 자그마한 키의 여 교사가 와서 실망이 컸다는 것이다. 그나마 교장실에 들어가니 깨끗한 분위기에 새로 오는 교사들을 환영하는 화병의 꽃이 내 마음을 녹여주었다. 또한 교장 선생님이 대학 선배라 밝히시며 함께 열심히 해보자고 격려해주셨다.

새 학교는 교사들 평균 연령이 다른 곳에 비해 엄청나게 낮았다. 내가 간 그해만 해도 초임 교사가 여덟 명이 왔고, 나머지 교사들도 20대가 반 이상 되는 곳이었다. 여학생들은 대체로 집에 가면 밥 짓고 빨래하고 청소에 동생들까지 돌봐야 하는 형편이었다. 그리고 학생들 이름이 '경아' 같은 '-아'로 끝나는 경우가 많았고, 한자 이름에 익숙한 나에게 매우 낯선 한글 이름들이 생소하게 느껴졌다. 경력 8년차의 나는 곧장 상담부 기획에 발탁되어 학교를 운영하는 데 필요한 각종 업무에 한 발짝 가까이 다가갈 기회를 얻었다.

2년 후 경력 10년을 채운 후, 나는 3학년 주임을 맡게 되었다. 서른다섯의 나이에 주임이 된다는 게 파격적이었지만 워낙 경력이 적은 교사들의 집단이다 보니 가능했다. 또 '연때가 맞아'란 말이 있는데, 이 해에 '학년 주임'제가 처음 생기면서 경력보다 실제로 일할 사람을 추천하라는 교육청 지시가 있었다. 이때의 승진 아닌 승진으로 나는 다른 사람보다 빨리 여러 부장 직을 수행했고 이런 경력이 가산점으로 부과되어 교감 승진의 기회를 얻었다.

(나) 공무원에서 공사로의 전직

"야, 너희는 연금 얼마씩 받냐?"

옛 직장 동료들과 친목회를 만들었는데, 회원은 1967년도 총무처에서 시행한 국가공무원 시험을 통해 공직의 길을 걸었던 동기들이다. 회 이름도 '육칠동'이라고 지었는데, 그것은 '67년도 동기생'이란 의미다. 육칠동은 한 달에 한 번 만나 북한산 둘레길을 트래킹하는데, 우연히 연금 얘기가 나왔다.

간혹 부이사관급이 한둘 있고, 대개 서기관급이고 처진 친구로는 사무관급도 있다. 서기관급 기준 퇴직 시 일시불로 퇴직금을 받은 게 없다면 월 320만 원 정도를 연금으로 받는다고 한다.

나는 국가공무원 직에서 15년을 근무하다가 정부투자기관(공사)으로 전직을 했는데, 당시 공사 월급이 공무원보다 50~60% 정도 많았기에 자리를 옮겼다. 퇴직금을 일시불로 받았고, 그것에 얼마를 보태어 집을 장만할 수 있어서 만족했다. 정부투자기관은 연금제도가 없어 공사를 정년퇴직할 때도 일시불로 퇴직금을 받았다. 퇴직한 지 16~17년이 된 지금은 그 돈이 그대로 남아 있을 턱이 없다.

나에게 연금이라야 고작 100만 원도 안 되는 국민연금이 있을 뿐인데 국가공무원으로 퇴직한 동기들은 그와 같은 거금(?)을 다달이 받는다니 내 처지가 초라하게 느껴진다. '당장 먹기는 곶감이 달다'라는 속담대로 월급 좀 더 준다는 바람에 공사로 전직한 것은 잘못한 선택이었다고 후회가 된다.

(가)와 (나) 모두 인생 중반부 변곡점에 대해 쓴 글입니다. (가)는 이야기의 속 시간이 매우 깁니다. 학교 교사로서 일에 몰두하고 승

진했던 일을 썼습니다. (나)는 '연금'이라는 것을 매개체로 공무원을 하다가 공사로 이직한 얘기를 썼습니다.

(가)는 인생 전반에 대한 스케치입니다. 이 안에 여러 개의 이야기가 숨어 있습니다. 장안동 학교로 발령을 받아 처음 찾아갔던 이야기, 그 학교에서의 에피소드, 학년 주임을 맡으면서 힘들었던 일, 보람 있던 일 등등 구체적인 질문을 하면 인생 중반에 대한 글이 많이 나올 것입니다.

(나)는 '이직(移職)'이라는 한 지점을 썼습니다. 이 글에서는 인생 중반의 변곡점을 이직으로 볼 수 있습니다. 그런데 '이직'에서 그치지 않고 그것을 현재의 연금과 연결해서 쓴 것이 재미있습니다. 당시에는 공사의 급여가 더 많아서 옮겼는데 퇴직하고 나니 공무원 연금이 더 많다는 사실을 썼을 뿐인데 그 안에 삶의 아이러니가 녹아 있습니다. 한 달에 한 번 만나는 '육칠동'이라는 모임도 흥미를 더합니다. 만약 이 글을 고친다면 '육칠동'의 북한산 둘레길을 걷는 어느 하루를 집중적으로 쓸 수 있습니다. 퇴직한 옛 동료와 북한산 둘레길을 걸으며 연금 이야기 나누는 장면을 하나의 이야기 안에 대화를 통해서 공무원의 길을 끝까지 걸었던 사람들과 도중에 공사로 이직한 사람들의 이야기로 넣을 수 있습니다. 둘레길의 풍광 속에서 이야기를 엮을 소재를 발견한다면 글이 더 단단해지겠지요. 재밌으면서 진지한 삶이 드러나는 장면 같지 않나요?

지금까지 썼던 글이 인생 중반부 변곡점을 스케치하는 데 머물렀다면 이제부터 좀 더 카메라를 가까이, 시간을 정지하다시피 천천히 흐르게 글을 쓰면 됩니다. 썼던 글을 다시 정리하면서 더 작은 질문을 해봅시다. 답 속에 박제(剝製)된 이야기가 분명히 숨어 있을 것입니다.

5

장년, 노년의 기억 떠올리기
: 인생 후반부

*

비교적 가까운 과거를 회상하는 일은 쉽습니다. 하지만 아직 정리되
지 않은 기억이 많아서 더 혼란스러울 수도 있습니다. 인생 후반부의
변곡점은 외부로부터 온 사건이 아니라 자신의 의지로 어떤 변화에
도전했던 얘기를 써보면 어떨까요?

비교적 가까운 과거를 회상하는 일은 쉬울까요? 꼭 그렇지만도 않
습니다. 두 가지 이유 때문입니다. 가까운 기억은 아직 객관화하기가
어려워서 끄집어내기가 어렵고, 아직 장기기억이 되기 전이어서 어
쩌면 더 생각이 안 나기도 합니다.

얼마 전에 공간과 기억에 대한 강연을 들을 적이 있습니다. 그때
새롭게 알게 된 것이 몇 가지 있는데, 가장 관심이 간 것은 알츠하이
머 환자에 대한 내용이었습니다. 알츠하이머 환자들은 가까운 시간
의 기억부터 잊어버린다고 합니다. 시장에 갔는데 집으로 돌아가는
길을 잊어버려 헤매다가 결국 다른 사람의 손에 이끌려 지구대로 가

는 일이 알츠하이머 증상의 시작이라고 합니다. 가장 최근의 기억인 집으로 돌아가는 길을 잊어버린 거죠. 반면 오래된 기억은 비교적 견고하다고 합니다. 그래서 알츠하이머 환자들의 입원실 문에는 커다랗게 환자 본인의 이름을 붙여 길을 잃지 않게 한다고 하더군요. 자신의 이름이야말로 가장 오래된 기억일 테니까요.

뇌과학자들의 연구에 의하면 인간의 뇌는 20대에 완전히 성숙해서 40대가 되면서 서서히 노화에 따른 변화를 겪는다고 합니다. 뇌도 다른 신체기관과 함께 노화가 진행됩니다. 다만 우리 눈에 보이지 않아 그 변화를 알 수 없을 뿐입니다. 하지만 어느 날, 사람 이름이 생각나지 않는다거나 이미지는 선명한데 명사가 떠오르지 않는 등의 경험을 통해 뇌의 노화를 깨닫게 됩니다. 뇌는 노화하면서 부피가 줄어드는데, 뇌가 작아지는 현상은 60세를 전후해서 시작됩니다. 신경세포 자체의 부피가 줄고 신경세포를 연결하는 시냅스도 감소해 나타나는 현상입니다. 시냅스가 감소하면 인지 능력이나 기억력 감퇴 등 우리가 노화라고 일컫는 현상이 나타납니다.

나이에 대한 통념 중 하나는 나이가 들수록 시간이 빨리 흐른다고 느낀다는 것입니다. 여러분의 시간은 빠르게 흐르고 있나요? 아니면 천천히 흐르고 있습니까? 시계로 측정되는 하루 24시간은 스무 살인 사람과 일흔이 넘은 사람과 다르지 않을 텐데 왜 이런 질문이 나왔을까요? 왜 상황에 따라, 나이에 따라 시간이 빨리 흐르는 것처럼 느끼기도 하고 천천히 흐르는 것처럼 생각되는 걸까요? 객관적인 시간이 아닌 주관적 시간에 대한 얘기를 좀 해볼까요?

얼마 전 친구와 일산 호수공원을 걸은 적이 있습니다. 이야기를 하면서 빠른 걸음으로 호수 둘레를 네 바퀴 돌았습니다. 호수공원에 와본 적은 있지만 아주 오래전 일이었고 처음 온 것처럼 낯설었습니다. 처음 한 바퀴를 돌 때는 호수가 제법 크다고 생각했는데 두 번째부터는 출발점에 도착하는 시간이 빨라지는 느낌이 들었습니다. 두 번째보다는 세 번째가 더 빠르게, 세 번째보다는 네 번째가 더 빠르게 호수를 돌고 있는 느낌이 들더군요. 매번 시간은 비슷하게 걸렸는데도 말입니다. 왜 이런 현상이 나타난 것일까요?

호수공원은 낯선 곳입니다. 처음 한 바퀴를 도는 동안 눈에 보이는 것들에 대한 정보를 처리하기 위해 뇌는 분주하게 일합니다. 시각 정보뿐만 아니라 후각, 청각, 촉각 등 다양한 외부 자극에 대해서도 마찬가지였겠죠. 그런데 두 번째 호수를 돌 때부터는 첫 번째보다는 익숙한 것이 많습니다. 그래서 뇌에서 처리할 정보도 그만큼 적어지죠.

어렸을 때의 하루는 엄청 깁니다. 신비롭고 호기심을 자극하는 것들 투성이입니다. 때론 위험하기도 하지만 그런 계산 없이 새로운 것들을 찾아다닙니다. 하루에 새롭게 경험하는 일이 어마어마하기 때문에 뇌에서 처리할 정보도 그만큼 많았겠지요. 나이가 들면서 호기심이란 게 많이 줄어듭니다. 그만큼 주변에 익숙한 것이 늘어나고, 새로운 시도를 별로 하지 않습니다. 어쩌다 흥미로운 것을 발견해도 이러저러한 이유로 탐색하지 않고 넘어가버립니다.

시간을 인생이라고 했을 때, 삶을 길게 살기 위해서는 호기심을 잃지 않고 사는 것이 중요합니다. 호기심이 있다는 것은 삶에 대한 의욕과 변화 가능성이 있다는 말입니다. 살아 있다는 것은 '변화'입니다. 변화를 위해 자꾸 시도해보고 도전하는 자세가 오래 사는 방법도 되지만 젊게 사는 방법이기도 합니다.

인생 후반부의 변곡점은 외부로부터 온 사건이 아니라 자신의 의지로 어떤 변화에 도전했던 얘기를 써보면 어떨까요? 어떤 시도를 하기에 늦은 나이는 없습니다.

인생 후반부를 어떻게 사는가가 삶에서 가장 중요할지도 모릅니다. 어쨌든 끝이 좋아야 다 좋다라는 말로 퉁치기는 좀 허술하지만 그래도 끝이 좋은 것이 대체로 좋을 가능성이 높기 때문입니다. 인생 후반부가 중요한 것은 이쯤엔 뭔가 삶에 대해 알 것도 같고, 여유도 생기기 때문에 자기만을 위한 시간이 주어지기 때문입니다. 목표를 이루기 위해 달려가고, 가정을 꾸린 후엔 의무에 매달리고 이러다 보면 어느덧 인생 후반부에 이르러 있게 마련이죠. 자신의 삶이라고 불릴 만한 것이 별로 없습니다. 이 시기를 값지게 보내야 합니다. 이 제껏 특별히 도전해본 것이 없다면 버킷리스트를 열 가지쯤 만들어 보면 어떨까요? 그것들을 하나씩 실천해보는 상상을 해서 미리 글로 써보는 것입니다.

여기 한 분의 버킷리스트를 살짝 들여다봤습니다. 68세, 남자입니다.

- 자전거 타고 전국 일주하기
- 수채화 배우기
- 100개 불교사찰 순례하기
- 일주일에 한 번 아내와 함께 사진 찍기
- 일주일에 5일 이상 만보 이상 걷기
- 컴퓨터로 동영상 편집 배우기
- 한 달에 한 권 이상 책 읽기
- 한 달에 한 번 미술관이나 박물관 관람하기

일단 하고 싶은 것을 적어봅시다. 호기심을 잃지 않는 삶, 거기서부터 좋은 글이 시작되는 것인지도 모르겠습니다. 호기심을 갖고 보는 세상은 분명 새롭게 비춰질 테니까요.

후반기 변곡점도 인생 중반기 변곡점처럼 쓰고 싶은 이야기를 나열하고 그중에서 고르면 됩니다. 당신 인생의 후반부 변곡점은 무엇인가요? 어떤 사건이 당신을 변화시켰습니까?

퇴직 여행

아내는 여행 가방을 챙기며 반팔 티셔츠를 넣을까 말까 망설인다. 넣을까 말까 망설일 때는 넣어라, 라고 충고한다. 그런 말이 있다. 먹을까 말까를 선택해야 할 때는 먹지 마라. 할까 말까 할 때는 하라. 줄까 말까 할 때는 주어라. 시절이 3월이라 서울은 조금 춥지만 유럽은 따뜻하니 반팔도 챙긴다. 친구 부부와 같이 여행한다. 친구는 은행 같은 부서에서 근무하다가 같이 퇴직했다. 그의 부인은 패션 감각이 뛰어난 패셔니스타이다. 같이 여행하려면 아내는 옷에 신경이 쓰일 것이다. 공항에서 일행들과 만나 수하물을 부치고 비행기에 올랐다.

프랑크푸르트에서 가이드를 만나 하이델베르크로 갔다. 하이델베르크에는 철학자의 길이 있다. 강 언덕에 굽이굽이 난 길을 걷는다. 철학자 칸트는 그를 보면 시간을 알 수 있을 정도로 매일 정해진 시간에 규칙적으로 산책을 했다고 한다. 아마 산책하면서 사유한 것이 칸트를 위대한 철학자로 만들었을 것이다. 독서를 통하여 지식이 정보를 얻으면 사유를 통하여 자기 것으로 체화해야 한다. 사유 과정이 없으면 지식의 창고에 불과하여 실행으로 옮길 수 없다고 한다. 칸트는 철학자의 길 아래 흐르는 라인강 물의 시작과 끝을 생각했을까? 동양사상의 상선약수(上善若水) 경지를 이해했을까?

대학교 1학년 때 배운 존 스튜어트 밀의 자서전이 생각난다. 존 스튜어트 밀의 아버지 제임스 밀은 경제학자였다. 아들 존 스튜어트 밀을 정규학교에 보내지 않고 아버지가 아들과 산책하면서 직접 라틴어, 경제 등을 교육시켰다. 산책하면서 아들 밀에게 가르쳐준 내용을 여동생에게 전달하도록 하여 복습과 확실한 지식으로 체득하도록 하였다. 남을 가르칠 때 확실한 공부가 된다는 원칙을 실천한 것이다. 밀이 열두 살이 되었을 때 그는 이미 훌륭한 공리주의 경제학자가 되어 당시 유명한 벤덤 등 학자들과 토론을 할 정도였다. 그것을 배울 때 나도 아들을 낳으면 그렇게 교육을 해봐야지 하는 생각을 했었다. 그런데 자서전을 읽은 지식이 사유를 거치지 않아 단편적인 지식으로만 남아 실행에 옮기지 못했다. 지난 세월을 돌이켜보면 대학 4년은 데모와 휴업 등으로 어수선하게 지나갔고, 그 후 군대 생활 3년, 군 제대 후 은행 생활 30년 만에 퇴직하니 무엇을 이루었는지 말할 것이 없다. 퇴직 여행을 기회로 앞으로 2막 인생을 어떻게 설계할 것인지 고민해야겠다. 앞으로 남은 세월이 지나간 세월만큼 남았다 하니 1막 인생과는 다른 삶을 살고 싶다.

퇴직하고 친구 부부와 여행을 하면서 새로운 삶을 구상한 이야기입니다. '1막 인생과는 다른 삶'을 살고 싶다는 문장으로 마무리 짓고 있지만 그것이 어떤 삶인지 나타나 있진 않습니다. 그러나 칸트와 존 스튜어트 밀의 일화를 끌어온 것을 보면 삶의 성찰과 실천이라는 큰 명제를 두고 설계했을 거라고 짐작할 수 있습니다.

이야기의
씨앗을 찾아서

최초의
기억을 찾아서

*

기억이 삶이라면 우리에게 최초의 기억은 중요합니다. 거기서부터 삶
이 시작되었기 때문입니다. 삶의 시작, 최초의 기억을 기록해보세요.

삶은 어디서부터 시작될까요? 엄마의 뱃속에서부터일까요? 아니
면 세상에 태어났을 시간부터일까요? 어떤 것을 기준으로 삼느냐에
따라 얼마든지 달라지겠지요.

저는 삶을 기억이라고 생각합니다. 여기서 기억은 제가 기억하는
삶과 제 삶을 기억해주는 또 다른 기억도 포함됩니다. 제 삶을 기억
해주는 누군가가 있다면 그것 또한 제 삶이라고 생각합니다.

할머니는 제가 태어나기도 전에 돌아가셨습니다. 할아버지 방 한
쪽 벽면 위에 사진으로 계셨죠. 사진도 초상화를 액자 안에 넣어놓은
것에 불과했습니다. 초상화였기 때문인지 할머니에 대한 첫 감정은

무서움 혹은 두려움이었습니다. 쪽진 머리에 흰 한복을 입은 할머니는 가늘게 눈을 뜨고 약간 찡그린 듯한 표정을 짓고 있었습니다. 실제로 할머니를 만난 적도 없고, 목소리를 들어본 적도 없는 저는 할머니가 남보다 더 낯설었습니다. 할아버지 방에 들어서면 정면에 할머니 초상화가 걸려 있었는데 그것을 보는 순간 잠시나마 별로 좋지 않은 기분에 휩싸였습니다.

제가 자라면서 할아버지는 종종 할머니 얘길 해주셨습니다. 음식 솜씨가 뛰어났는데 특히 약과나 강정을 잘 만들어 할머니가 안 계시면 동네 잔치에 차질이 생길 정도였다고 했습니다. 바느질 솜씨도 훌륭해서 할아버지의 옷은 거의 다 할머니가 만드셨고, 동네에서 가장 부지런했다고 하셨습니다. 아마 더 많은 이야기를 들었을 텐데 지금은 이 정도만 기억이 납니다.

할아버지 말씀 속의 할머니는 완벽했습니다. 할아버지의 기억 속 할머니와 실제 할머니의 삶은 분명 차이가 있었을 것입니다. 하지만 할아버지의 말씀을 들으면서 할머니의 모습이 점점 구체적으로 변했습니다. 할아버지가 이야기를 들려주시는 동안 빨래를 하는, 약과를 만드는, 청소를 하는 할머니의 모습을 상상하면서 할머니는 가까이 다가왔습니다. 초상화 속의 할머니처럼 정지되어 있는 모습이 아니라 제 상상 속에서 살아 움직이기 시작했습니다. 어느 날부터는 초상화 속 할머니가 무섭지 않았습니다. 친근했고 가까운 피붙이처럼 느껴졌습니다.

할아버지가 돌아가시기까지 할머니는 할아버지 기억 속에 살아계신 것이 분명합니다. 할아버지가 전해주신 할머니의 일부 모습이 제 기억에 희미하게 남아 있습니다. 기억하고 있는 것이 삶이라고 말하는 까닭입니다.

자서전 쓰기에서 빼먹지 않고 하는 글쓰기 중 하나가 '최초의 기억'에 대한 것입니다. 기억이 삶이라고 할 때, 우리에게 '최초의 기억'은 매우 중요합니다. 거기서부터 삶이 시작되기 때문입니다. 어느 시기의 일이 생각나나요? 그 일은 몇 살에 있었던 일인가요? 어떤 빛깔인가요?

여기 소설 《롤리타》로 유명한 블라디미르 나보코프의 자서전 《말하라, 기억이여》에 그가 최초의 기억에 해당되는 장면을 서술한 내용이 있습니다.

순간 나는 내 왼손을 잡은 부드러운 흰색과 분홍색의 스물일곱 살 존재는 내 어머니이며, 내 오른손을 잡은 딱딱한 흰색과 금색의 서른세 살 존재가 내 아버지임을 정확히 알게 되었다. 나란히 나아가던 그들 사이에서 나도 뽐내며 걸었고, 가볍게 뛰다가는 또다시 걷곤 했다. 내가 가는 길의 사이사이에는 태양의 반점들로 얼룩이 졌는데, 오늘날엔 그 길이 러시아의 옛 도시인 페테르부르크의 비라, 즉 우리 시골 영지의 공원에 있는 곳으로 떡갈나무 묘목이 풍치를 더하는 샛길임을 쉬이 알아볼 수 있게 되었다.

—블라디미르 나보코프 지음, 오정미 옮김, 《말하라, 기억이여》,

플래닛, 2007, 22~23쪽

　나보코프의 자서전 첫 번째 장 '완전한 과거'는 어린 시절 아버지에 대한 기억과 격동의 러시아 근대 역사에 휘말릴 수밖에 없었던 아버지의 삶으로 채워져 있습니다. 어머니에 대한 이야기는 2장의 어머니의 초상에 자세히 나옵니다.

　최초의 기억은 가족에 대한 것이 많고, 긴 이야기는 아니지만 감정과 빛깔이 선명한 경우가 많습니다. 프랑스 심리학자 빅토르 앙리와 카트린은 최초의 기억에 대해 연구하기 위해 설문조사를 했습니다. 도착한 123장의 설문지 가운데서 100명이 구체적으로 최초의 기억을 떠올렸다고 합니다. 그중 20명은 어린 시절의 기억 두세 가지를 가지고 있지만 어떤 것이 먼저인지 모르겠다고 답했습니다. 18개월 때부터 최초의 기억이 급속히 늘어 약 80%의 응답자가 두 살에서 네 살 사이의 기억이 첫 기억이라고 답했습니다. 하지만 분명한 이야기로 구성할 수 있는 것은 일곱 살 이후 기억이 대부분이었고, 행복감이 가장 많았지만 고통스러움, 통증, 놀라움, 죽음과 같은 어두운 이미지도 적지 않았습니다. 거의 모든 사람이 최초의 기억을 시각적 이미지로 묘사했다는 점도 특이합니다.

　소설가 버지니아 울프는 《존재의 순간들》에서 최초의 기억을 이렇게 술회합니다.

그것은 나의 어머니의 옷 색깔이던 검정을 바탕으로 한 빨강과 자주색 꽃에 대한 것이었으며, 그녀는 기차 아니면 합승마차 안에 앉아 있었고 나는 그녀의 무릎에 앉아 있었다. 그래서 나는 그녀가 달고 있던 꽃들을 매우 가까이서 보았으며 지금도 검정 바탕에 자주와 빨강과 파랑을 볼 수 있다. 그 꽃은 아네모네였던 것으로 짐작된다. 아마 우리는 세인트 아이브스로 가고 있었을 것이다. 아니, 불빛이 있었던 기억으로 봐서 밤이었음에 틀림없고, 그렇다면 우리는 돌아오고 있었을 것이다.

―버지니아 울프 지음, 정명진 옮김, 《존재의 순간들》,
부글북스, 2013, 71쪽

어린 시절 기억에 대한 연구는 기억상실 이론이 지배적이었다고 합니다. 뇌가 아직 제대로 발달하지 못해 기억을 오랫동안 보존하지 못할 뿐더러 전혀 저장되지 않는다는 게 일반적인 학설이었다는군요. 프로이트는 기억은 저장되지만 나중에 그 기억을 꺼내볼 수 없다고 주장했습니다. 하지만 이제는 최초의 기억이 그 사람의 정체성에 대한 이해와 연결된다고 보는 학자들이 많습니다.

버지니아 울프에게는 '어머니' '어머니의 드레스' '아네모네'가 최초의 기억으로 남아 있었군요. 혹시 이 기억이 버지니아 울프의 정체성 형성에 커다란 영향을 미치지 않았나 짐작해봅니다.

'어머니' '아버지' '러시아의 태양' '시골 영지의 공원' '떡갈나무'.

나보코프의 기억 맨 아래 웅크리고 있던 단어들을 열거해보면 그가 얼마나 러시아를 그리워했을지 짐작이 갑니다. 모국어인 러시아어를 버리고 영어로 소설을 쓸 수밖에 없었던 현실이 나보코프에겐 얼마나 한탄스러운 일이었을까요.

여기 한 사람의 글을 볼까요?

아버지와 목화

우리 집 아파트 베란다에는 크고 작은 항아리 대여섯 개가 있다. 그중 가장 큰 장독 뚜껑 위에는 명절 선물로 받았던 정사각형의 곶감 상자 뚜껑이 놓여 있다. 그 안에 양파, 감자, 고구마 등 뿌리채소를 보관하기 위해서다. 지금은 거기에 목화송이 서너 개가 먼지를 뒤집어쓰고 누렇게 말라가고 있다.

이 목화는 2009년 가을 중랑천에서 주워온 것이다. 처음에 목화는 선명한 소(素)색에 싱싱한 잎을 달고 있었는데 물 한 방울 주지 않아도 거의 8년을 잘 견뎠다.

합천에서 살던 다섯 살 무렵인가. 어느 날, 초여름 창창한 푸른 빛 하늘에 흰 구름이 뭉게뭉게 떠다니는 기분 좋은 날이었다. 드물게 아버지와 세 살 위의 언니 그리고 나는 집에서 한 시간 정도 떨어진 곳에 있는 밭으로 놀러갔다. 밭에서 이것저것 푸르름을 느끼고 돌아오는 길에 탐스럽게 익은 목화가 지천으로 널려 있는 밭을 지나게 되었다. 언니와 나는 환호성을 지르며 목화밭에 들어가 솜사탕처럼 푹신한 목화를 실컷 따먹었다.

이제 돌이켜보니 아버지와 함께했던 몇 안 되는 밝고 따뜻했던 아름다운 시간이었다. 아버지는 그 후 어머니와 많이 다투다 4남매를 두고 집을 나가셨다. 그로부터 돌아가시기 전까지 아버지를 뵌 것이 열 손가락 안에 들 정도이고, 아버지에 대한 내 감정은 무덤덤했다.

8년 전 중랑천에서 목화를 가져올 때, 아버지와의 따뜻한 기억이 되살아나 그랬던 것이 아닐까 혼자 진단해본다. 베란다에 나갈 때마다 목화꽃이 시들어 죽지 않았나 무심한 듯 살펴본 것도 내 마음 저 아래 숨어 있는 아버지를 향한 미움과 원망과 그리움의 가냘픈 끈을 놓기 싫어서가 아닐까.

앞 베란다 항아리 안에서 목화꽃이 말라가고 있습니다. 그 말라가는 목화꽃이 아버지와 보낸 먼 기억을 가져왔습니다. 과거 아버지와 함께한 즐거웠던 어느 날과 그 이후의 이별…. 목화꽃이 시들면 아버지에 대한 온갖 감정이 함께 사라지기라도 한 것처럼 항아리를 들춰본 마음이 아리게 전해집니다. 목화꽃이 글에 등장하지 않고 아버지에 대한 감정과 사건만을 기록했다면 읽는 사람의 마음을 이렇게 흔들지는 못했을 것입니다. '목화꽃'이라는 상상할 수 있는 사물이 있기에 글을 읽는 사람들은 한 번도 안 본 아버지를 나름대로 떠올릴 수 있습니다.

　여러분의 최초의 기억은 무엇입니까? 기록하지 않으면 아무도 모릅니다. 여러분 인생의 시작, 최초의 기억을 기록해보세요.

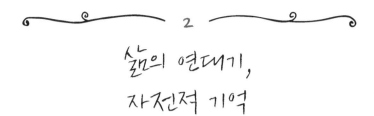

2
삶의 연대기,
자전적 기억

*

자전적 기록은 사실을 기록하는 것이 아니라 왜곡된 기억을 기록하
는 일입니다. 이 왜곡된 기억이야말로 현재의 어떤 행동, 어떤 언어,
어떤 태도가 있게 한 근원이 숨어 있습니다.

    삶을 기록하는 일은 기억에 기댈 수밖에 없습니다. 그래서 '기억'
의 특성을 이해하고, 그 한계까지 알아야 보다 '진실'에 다가갈 수 있
습니다. 소설도 많은 부분을 기억에 의존합니다. 그래서인지 '기억'
에 관심을 갖게 됩니다. 기억을 들여다보고, 거기 남아 있는 감정도
살피고, 그러다가 그 기억은 어떻게 뇌리에 각인되었는지 궁금합니
다. 많고 많은 경험 중에 어떤 것이 기억으로 남을까요? 분명한 건
이런 걸 기억해야지, 라고 다짐한다고 해서 기억 속에 남는 건 아닙
니다. 반대로 이건 절대 기억하지 말아야지, 다짐해도 마음대로 되지
않습니다. 이런 기억을 가리켜 네덜란드 작가 세스 노터봄은 《의식》

에서 "기억은 마음 내키는 곳에 드러눕는 개와 같다"라고 말했습니다. 우리의 기억은 우리의 명령을 잘 듣지 않지요. 기억의 속성을 이 문장만큼 잘 드러내는 게 또 있을까 싶습니다.

심리학자들은 기억 중에서 개인적인 기억이 저장되는 부분을 '자전적 기억'이라 부릅니다. 이것이 결국 우리 삶의 연대기이며, 자전적 기록이겠지요. 자전적 기억은 오직 자기만의 법칙을 따를 뿐입니다. 때론 우울증, 불면증, 데자뷰 현상 같은 것으로 나타나기도 합니다. 의지로 통제되지 않지요.

자전적 기억에 대한 최초의 실험*은 1879년 프랜시스 골턴에 의해 이루어졌습니다. 산책하면서 보이는 물체에서 연상되는 것을 적어 내려가는 매우 단순해 보이는 실험이었습니다. 그는 산책 중에 다양한 연상 작용이 일어나 그것으로 인해 오랫동안 생각해보지 않은 일들이 떠오르는 경우가 많다는 것을 알고 깜짝 놀랐다고 합니다. 이번에는 좀 더 적극적인 실험을 했습니다. 자신에게 적합한 단어 75개의 목록을 작성하고 그중 하나를 골라서 연상된 것을 기록했습니다. 신기하게도 단어들은 어린 시절과 연관된 것이 35% 이상이었고, 최근 사건과 관련된 것은 15% 정도였습니다. 같은 연상이 반복적으로 떠오른 것이 '과거'와 관련된 연상들 때문이라는 걸 알게 되었습니다. 저는 '어린 시절'과 '35%'에 주목했습니다. 자전적 기억에서 많은 비중을 차지하는 것이 어린 시절의 기억이라면 그 이후의 삶이 어린 시절과 밀접한 관련이 있다는 반증일 테니까요.

꼭 정확한 기억만 기록할 필요는 없다

강의를 진행하면서 쓴 글로 공개첨삭을 하거나 글의 구성 같은 글쓰기 이론을 말하면 사실을 왜곡하는 것이 아니냐고 반문하는 분도 있습니다. 어떤 글도 '사실'을 그대로 기록할 수는 없습니다. 대체로 사실적이라는 신문기사도 기자의 시각과 편집데스크의 의도가 개입됩니다. 어떤 역사 책도 사실을 그대로 기록하진 않았습니다. 최소한 역사를 기록한 '역사가의 해석'이 들어갈 수밖에 없죠.

삶을 기록하는 것도 글 쓰는 사람의 해석이 들어갈 수밖에 없습니다. 해석만 들어가는 것이 아니라 때론 감정도 섞입니다. 사실의 기록인가 아닌가를 따지기에 앞서 글의 글감을 저장하고 있던 기억의 한계와 왜곡을 인정해야만 합니다.

기억은 분명하지 않습니다. 여섯 살에 강릉 해수욕장에서 빠져 죽을 뻔했는데 나를 도와줬던 사람이 삼촌이었는지 당숙이었는지 가물가물합니다. 그렇게 먼 기억까지 갈 필요도 없습니다. 한 달 전 친구랑 함께 겪었던 얘기를 맞춰봐도 둘의 기억은 다릅니다. 당연한 일입니다. 인간이 얼마나 자기가 보고 싶어 하는 것만 보는지에 대한 흥미로운 실험이 있습니다. 심리학 실험으로 유명한 크리스토퍼 차브리스와 대니엘 사이먼스가 쓴 《보이지 않는 고릴라》에 이 실험 과정이 자세히 실려 있습니다.

실험은 이렇게 진행됩니다. 먼저 흰색 셔츠를 입은 팀 세 명과 검은 색 셔츠를 입은 팀 세 명, 총 여섯 명이 동그랗게 모여 서로 농구공을 패스합니다. 실험 참가자는 흰색 셔츠 팀의 패스 횟수만 세면 됩니다. 1분이 조금 넘는 시험에서 고릴라 옷을 입은 학생이 천천히 등장해 카메라 정면을 보고 고릴라처럼 가슴을 두드린 뒤 퇴장합니다. 실험 결과, 실험 참가자의 50%가 고릴라의 등장을 눈치 채지 못했습니다. 흥미로운 결과입니다. 중간에 고릴라가 등장했다는 정보를 주고 다시 동영상을 재생하자 실험 참가자들은 고릴라를 알아보지 못한 것에 놀랐다고 합니다.

실험에 앞서 실험 참가자들은 흰색 셔츠 팀의 패스 횟수를 세라는 지시를 받았기 때문에 흰색 셔츠 팀의 패스에만 집중합니다. 때문에 이들은 패스 이외의 것은 눈에 들어오지 않습니다. 이 실험을 통해 사람들은 얼마나 자신이 기억하는 것만 믿고, 보고 싶은 대로 보는 경향이 있는지 알 수 있습니다. 인간의 주의력과 인지 능력에 경종을 울린 셈이지요.

물론 이 '보이지 않는 고릴라' 실험은 사람들이 어떤 일에 집중하면 바로 앞에 사물도 인지하지 못하는 부주의맹의 원인을 설명하는 근거로 사용됩니다. 하지만 이 실험은 인간이 외부 사실을 받아들일 때, 얼마나 선택적으로 받아들이는지 설명하는 실험이기도 합니다. 우리는 자기가 보려는 것에 집중할 때 다른 정보를 놓치기 쉽습니다. 그러니까 우리는 이미 저장 단계에서 선택적으로 저장했다고 전제해야만 합니다. 기억을 곧이곧대로 믿을 수 없다는 것을 인정하고 끄집어내야 합니다. 대개 우리는 자신의 기억을 확신합니다. 그러나 한 걸음 들어가보면 '기억'되는 순간도 '사실'과 다를 뿐더러 그것을 재생하는 것도 상황에 따라 다릅니다. 똑같은 기억이라도 어떤 상황에서 재생하느냐에 따라 다릅니다.

각자의 기억을 진실되게 쓰면 된다

자기 삶의 기록은 결국 기억에 의존할 수밖에 없는데, 그 기억이라는 것은 정작 불완전해서 사실과 다릅니다. 아이러니합니다. 하지만 뒤집어보면 이것이야말로 자기 기록의 매력입니다. 철저히 자기만의 이야기를 쓸 수 있기 때문입니다. 다른 사람의 눈이 아닌, 다른 사람의 입장이 아닌, 내 입장에서 나의 삶을 기록할 수 있습니다. 비록 희미하지만 기억의 촉수를 예민하게 세워서 과거의 기억 속에 무엇이 웅크리고 있는지 더듬어봅시다. 이것은 순전히 '나만의 행위'입니다. 다른 사람이 끼어들 여지가 없습니다.

각자의 기억의 세계를 쓰십시오. '기억이 사실일까?' 하는 의문을 가질 필요는 없습니다. 기억을 끄집어내서 자세히 들여다보고 그것을 기록하는 데 집중하십시오. 이 기억이 맞을까 틀릴까 점검하지 않아도 됩니다. 중요한 것은 자신의 기억에 대한 태도입니다. 나는 내 기억에 대해 얼마나 진실한가를 고민하십시오. 이렇게 할 때, 글은 온전히 자기의 이야기가 됩니다.

줄리언 반스의 《예감은 틀리지 않는다》는 왜곡된 기억에 관한 대표적인 소설입니다. 소설에서 이야기를 이끌어가는 서술자는 토니라는 60대의 남자죠. 토니 앞에 유언장 하나가 도착합니다. 한때 연인이었던 베로니카의 어머니에게서 온 유언장이었습니다. 이걸 계기로 토니는 과거로 돌아갑니다. 독자는 토니의 부정확한 기억을 따라갑니다. 당연히 그것이 부정확한 기억이란 것을 모릅니다. 소설의 뒷부분에 가서 그때까지의 모든 정보가 뒤집히고 진실이 민낯을 드러냅니다. 토니의 기억과 진실 사이엔 엄청난 간극이 있었습니다. 인간의 기억이 얼마나 불완전한지, 그리고 자기중심적인지 보여줍니다.

기억은 더 불확실해지고, 더 중복되고, 더 되감기하게 되고, 왜곡이 더 심해진다. 젊을 때는 산 날이 많지 않기 때문에 자신의 삶을 온전한 형태로 기억하는 게 가능하다. 노년에 이르면, 기억은 이리저리 찢기고 누덕누덕 기운 것처럼 돼버린다.

— 줄리언 반스 지음, 최세희 옮김, 《예감은 틀리지 않는다》,

다산책방, 2012, 182쪽

---

* 다우베 드라이스마 지음, 김승욱 옮김, 《나이 들수록 왜 시간은 빨리 흐르는가》, 에코리브르, 2005 참고함.

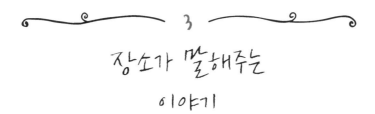

3

장소가 말해주는
이야기

*

어떤 장소에 가면 그 장소가 들려주는 이야기가 있습니다. 기억 속의
장소는 구체적인 이야기를 품고 있습니다. 무엇을 써야 할지 막막할
때 장소를 먼저 떠올리십시오.

우리가 따라가고 있는 자전적 기억은 새로운 것이 나타난 게 아니
라 우리가 찾든 찾지 않든 항상 우리 곁에 있었던 것들입니다. 다만
그런 동반자가 있다는 것을 의식하지 못했을 뿐이죠. 신기하게도 기
억은 캐내면 캐낼수록 더 많은 기억을 불러옵니다.

예전에 살았던 집을 찾아가본 적이 있습니다. 그 집에서 태어났고
열여덟 살까지 살았으니 인생 초반은 그 집에서 만들어졌다고 말해
도 되겠지요. 방 세 칸과 헛간이 딸린 그리 크지 않은 집이었습니다.
그 동네 전체가 개발 예정 지역으로 묶여 집은 폐허나 다름없이 변해
있었습니다. 하지만 집에 가까이 갔을 때부터 어릴 적 추억이, 학창

시절의 기억이 되살아났습니다. 골목 어귀를 들어서서 친구들의 집 앞을 지날 때 그들의 이름이 생각났습니다. 흡사 윤동주의 《하늘과 바람과 별과 시》 시집 속의 〈별 헤는 밤〉에서 시인이 북간도에 두고 온 친구들의 이름을 호명하듯 말입니다.

> 어머님, 나는 별 하나에 아름다운 말
> 한마디씩 불러봅니다.
> 소학교 때 책상을 같이 했던 아이들의 이름과,
> 패(佩), 경(鏡), 옥(玉), 이런 이국 소녀들의 이름과,
> 벌써 아기 어머니 된 계집애들의 이름과,
> 가난한 이웃 사람들의 이름과,
> 비둘기, 강아지, 토끼, 노새, 노루,
> 프랑시스 잠, 라이너 마리아 릴케,
> 이런 시인들의 이름을 불러봅니다.
>
> ─윤동주, 〈별 헤는 밤〉

이렇게 저도 친구들의 이름을 마음속으로 부르고 있었습니다. 이름을 부르자 얼굴이 생각났고 그 골목에서 있었던 일들이 한꺼번에 밀려왔습니다. 집 앞 작은 도랑에 거의 매일 빠졌고, 그런 저를 고모가 씻겨주고 긴 머리를 빗겨주던 일도 생각났습니다. 마루 옆에 묶여 있던 '미라'라는 개도, 원예학과 다니던 사촌 오빠가 가꾸던 작은 화

단도, 담장 주변에 있는 사철나무도 눈에 선했습니다. 기억 속에서는 온전히 남아 있었지만 실제 그곳은 허물어졌고, 사라져서 옛 모습이라곤 찾아볼 수 없었습니다.

신기한 것은 그다음의 일입니다. 그 골목길과 옛집이 얼마나 바뀌었는지를 확인한 후에도 여전히 기억 속의 집은 어릴 때 그 모습 그대로입니다. 그리고 이름을 불러보았던 친구들과 머리를 빗겨주던 고모와 신기한 꽃나무를 가져다 심던 사촌 오빠의 안부가 궁금해졌습니다. 꽤 오랫동안 그들을 생각하지도 못하고 살았는데 말입니다.

장소가 사람의 기억을 불러올 수 있다는 것은 아주 오래전부터 연구되었습니다. 기원전 55년 키케로는 《변론가론》에서 세상에서 가장 오래된 기억술로 '장소법(method of loci)'을 소개합니다. 이것은 기억을 장소와 연결해서 형성하여 기억력을 향상시키는 전략입니다. 현대의 심리학과 신경과학에서도 다양한 실험을 통해 장소를 통한 기억의 환기라는 키케로의 주장을 입증해왔습니다.

기억 이론의 대가 알라이다 아스만도 특정한 장소에서 일어나는 기억과 망각에 대해 말했습니다. 사람의 기억은 장소와 연결 지을 때 가장 오래도록 기억되고, 반대로 장소를 생각해내면 거기에 얽힌 사건이 연결된다고 합니다. 평소에는 깊이 묻혀 있던 기억도 특정한 장소에 가면 그 장소와 관련되었던 일들이 활성화되어 나타난다고 합니다. 평소에는 그 이름조차 아득했던 어릴 적 친구들의 이름이 골목길을 접어들자 불쑥 생각난 것처럼 말입니다.

앞서 우리는 특정한 장소를 스케치하고 글을 써봤습니다. 자전적 글을 쓰면서 과거의 장소를 하나 둘 찾아가보는 것도 재미있는 일입니다. 새록새록 밀려드는 기억을 따라가면 글감은 풍성해지고 묘사는 더 치밀해질 것입니다.

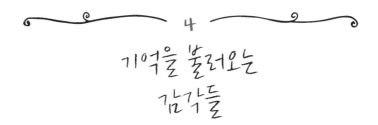

4
기억을 불러오는
감각들

＊

어떤 냄새 하나 때문에 만날 수 있는 기억이 있다면 판타지 소설 한
편을 쓸 수도 있습니다.

우리가 과거의 일을 떠올리는 건 외부의 자극 때문일 때가 많습니
다. 카페에서 옛날에 즐겨 듣던 노래가 나오면 생각은 벌써 그때로
돌아가서 어떤 사건을 생각하고 있습니다. 사건에서 시작한 회상은
그 당시 함께 어울렸던 친구들의 얼굴로 이어집니다. 의식적으로 끊
지 않으면(의식적으로 끊으려 해도) 끝없는 연상 작용으로 기억은 자꾸
만 뻗어갑니다. 마치 흙 속에서 실뿌리에 매달려 자라고 자라는 감자
처럼 말입니다.

기억과 미각

도다리 쑥국을 먹을 때면 그 음식을 유난히 좋아하던 아버지가 생각납니다. 여린 쑥이 돋기 시작하면 그걸 뜯어다가 커다란 도다리를 넣고 된장을 풀어 간을 맞추던 엄마 모습도 생각납니다. 작은 화단이 있고, 낮은 나무 마루를 가진 집도 생각납니다. 처마에 집을 지은 제비들 때문에 매일 마루 위에 신문지를 펼쳐놓아야 했습니다. 제비들 똥을 치우려면 그렇게 할 수밖에 없었죠. 도다리 쑥국에서 시작된 기억은 아버지와 어린 시절에 살던 집이라는 공간으로 확대됩니다. 더 기억을 들춰보면 도다리 쑥국과 관련된 여러 가지 다른 이야기가 나올 것입니다.

감각으로 저장된 기억을 떠올리는 것은 수많은 질문들로 변주할 수 있다는 장점도 있습니다. 예컨대, 앞에서 파고들어간 질문이 음식에 대한 것이었다면 이번에는 청각과 관련된 음악에 대한 질문을 할 수 있습니다. 좋아하는 음악은 무엇입니까? 그 음악을 좋아하게 된 계기가 있나요? 그 음악에 얽힌 추억이 있습니까? 이런 식으로 말입니다.

기억과 촉각

촉각도 마찬가지입니다. 제 친구 K는 고양이를 극도로 싫어합니다. 싫어하는 정도가 아니라 고양이를 보면 그 자리에 얼음 인간처럼 굳어버립니다. 얼굴색도 하얘지고 발걸음을 떼지 못합니다. 어느 날, K와 함께 인사동 골목길을 간 적이 있습니다. 동창 모임을 위해 골목 안쪽 카페를 찾아가는 길이었습니다. 골목 중간쯤 어느 가게 앞에 새끼 고양이 한 마리가 묶여 있었습니다. 고양이를 먼저 발견한 K는 비명을 질렀고 그 자리에 섰습니다. 고양이는 가게 문 앞에 얌전히 앉아 있었고, 목줄은 짧았습니다. 골목이 좁았지만 고양이의 방해를 받지 않고 지나갈 공간은 충분했습니다. 하지만 K는 그 자리에 선 채 꼼짝을 못했습니다. 고양이의 목줄이 짧다는 것을 몇 번이고 확인시키고, 태어난 지 얼마 되지 않은 새끼라는 걸 주지시켰습니다. 하지만 K는 고양이를 처음 발견했던 그 자리에서 꼼짝도 하지 않고 서 있을 뿐이었습니다. 그것도 점점 얼굴빛이 창백해지면서 말입니다. 결국 가게 주인에게 양해를 구해 가게 안으로 고양이를 옮긴 다음에야 그 앞을 지날 수 있었습니다.

나중에 K에게서 들은 이야기입니다만 그에게는 고양이에 대한 트라우마가 있었습니다. 그가 서너 살쯤 되었을 때(자신도 몇 살 때 경험인지 잘 모르고 있었습니다) 고양이가 다리를 핥은 적이 있는데 그 촉감이 뭐라 설명하기는 어렵지만 이상했고 불쾌했다고 합니다. K에게 고양이에 대한 좋지 않은 기억은 단지 그것뿐이라고 했습니다. 고양이가 혀로 다리를 핥았던 기억. 따지고 보면 짧은 순간에 느낀 촉감입니다. 하지만 그 촉감으로 인해 K는 고양이에 대해 공포에 가까운 트라우마를 갖게 되었습니다. 이런 일화를 보면 촉감도 기억에 깊게 각인되는 감각임에 틀림없습니다. 싫어하는 음식, 싫어하는 음악 이야기도 쓸 수 있습니다. 당연히 이야기에는 그 음식이나 음악을 싫어하게 된 계기나 이유가 들어가야겠지요. 물론 아무런 이유 없이 싫어할 수도 있습니다.

기억과 후각[*]

냄새와 기억은 다른 감각과 기억의 관계보다 더 특별한 것 같습니다. 우리의 기억을 붙잡고 있는 것 중 가장 강력한 감각이 냄새가 아닐까 생각합니다. 냄새와 기억의 관계에 대해 말할 때 빠지지 않는 이야기가 마르셀 프루스트의 소설 《잃어버린 시간을 찾아서》입니다. 마르셀은 어느 겨울날 홍차에 마들렌 과자를 적셔 한 입 베어 문 순간 어릴 적 고향에서 숙모가 내어주곤 했던 마들렌의 향기를 떠올립니다. 그는 처음에 기분이 왜 갑자기 좋아졌는지 알지 못합니다. 단순히 차와 케이크의 맛 때문이라고 생각하죠. 마들렌의 맛과 그것과 조화를 이룬 홍차의 향 때문에 먼 과거의 이야기로 들어갑니다. 마들렌과 홍차의 향이 결국 프루스트의 역작 《잃어버린 시간을 찾아서》를 쓰게 만든 셈입니다.

이처럼 콩브레에서 내 잠자리의 비극과 무대 외에 다른 것은 더 이상 존재하지 않게 된 지도 오랜 어느 겨울날, 집에 돌아온 내가 추위하는 걸 본 어머니께서는 평소 내 습관과는 달리 홍차를 마시지 않겠느냐고 제안하셨다. 처음에는 싫다고 했지만 왠지 마음이 바뀌었다. 어머니는 사람을 시켜 생자크라는 조가비 모양의, 가느다란 홈이 팬 틀에 넣어 만든 '프티트 마들렌'이라는 짧고 통통한 과자를 사오게 하셨다. 침울했던 하루와 서글픈 내일에 대한 전망으로 마음이 울적해진 나는 마들렌 조각이 녹아든 홍차 한 숟가락을 기계적으로 입술로 가져갔다. 그런데 과자 조각이 섞인 홍차 한 모금이 내 입천장에 닿는 순간, 나는 깜짝 놀라 내 몸속에서 뭔가 특별한 일이 일어나고 있다는 사실에 주목했다. (…) 생각의 흐름을 거슬러 올라가 차의 첫 모금을 마신 순간으로 되돌아가본다. 똑같은 상태가 보이지만 새로운 빛은 없다. (…) 그런 다음 두 번째로 나는 정신 앞에서 모든 것을 비우고, 아직도 생생한 그 첫 번째 모금의 맛을 정신 앞에 내민다. 그러자 내 안에서 무엇인가가 꿈틀하며 위로 올라오려고 움직이는 것을 느낀다. 마치 깊은 심연에 닻을 내린 그 어떤 것이 올라오는 것 같다. 나는 그것이 무엇인지를 알지 못하지만, 그것은 천천히 위로 올라온다. 나는 그 저항을 느낀다. 그것이 통과하는 거대한 공간의 울림이 들려온다. (…) 그러다 갑자기 추억이 떠올랐다. 그 맛은 내가 콩브레에서 일요일 아침마다 레오니 아주머니 방으로 아침 인사를 하러 갈 때면, 아주머니가 곧잘 홍차나 보리수차에 적셔서 주던 마들렌 과자

조각의 맛이었다. 실제로 프티트 마들렌을 맛보기 전 눈으로 보기만
했을 때에는 아무것도 생각나지 않았다.

—마르셀 프루스트 지음, 김희영 옮김,
《잃어버린 시간을 찾아서 1》, 민음사, 2012, 85~91쪽

소설 속 마들렌에서 시작해서 콩브레에서 보낸 어린 시절로 들어
간 이 연결 고리 때문에 특정한 냄새로 인해 무의식에 저장되어 있던
기억이 다시 살아납니다. 냄새가 어떤 기억을 소환해오는 것을 흔히
'프루스트 효과(The Proust Effect)'라고 합니다.

여러분은 냄새로 인해 어린 시절의 기억을 떠올린 적이 있나요?
어떤 냄새인가요? 우리의 감각과 연결된 기억은 생생해서 거기 묻어
있는 감정이나 기분까지 순식간에 소급해주는 것 같습니다.

후각은 진화의 관점에서 원시적인 감각이라고 합니다. 후각은 2개
의 신경 튜브, 즉 후구에서부터 발달하기 시작했고, 이것은 신피질처
럼 대뇌에서 나중에 발달한 부분이 덮어버렸습니다. 그런데 후각은
감각 정보가 분석되는 뇌와 가장 가까이 있고, 뇌 속 깊숙한 곳에 자
리 잡은 감정을 담당하는 변연계와 직접 연결되어 있습니다. 또, 후
각은 기억 저장에 필수적인 역할을 하는 해마와도 직접 연결되어 있
습니다. 이러한 사실을 정리해보면 후각은 원시적인 감각기관이긴
하지만 감정과 기억을 담당하는 기관과 연결되어 있습니다. 프루스
트 효과는 이런 진화의 과정과 신경계의 구조에서 오는 현상이라고

할 수 있습니다.

물론 냄새가 다른 감각보다 더 오래된 기억을 되살리는지, 더 생생하게 되살리는지에 대한 확실한 증거는 아직 없습니다. 우리의 기억은 너무 개인적이고 너무 순간적이라서 명확하게 설명하기 어려운 점이 많습니다. 하지만 프루스트가 마들렌의 맛과 향기를 통해 먼 과거, 아득한 기억으로 들어갔듯이 우리에게도 그런 맛과 향이 주어지길 바랄 뿐입니다. 혹시 어떤 냄새로 인해 과거의 기억을 떠올려본 적이 있나요? 있다면 어떤 기억인가요?

2001년 필라델피아에 있는 '모넬화학감각센터'의 허츠 박사 팀은 실험 참가자들에게 과거의 사진을 보는 동안 특정 냄새를 풍겨 맡게 했습니다. 그다음 두 번째 실험에서는 특정 냄새만 맡게 하거나 아니면 사진만 보여주었습니다. 흥미롭게도 두 번째 실험에서 참가자들은 과거의 사진만 보는 것보다 그 사진과 함께 풍겨왔던 냄새만 맡았을 때 과거의 추억을 더 잘 느꼈다고 합니다.

이 밖에도 냄새와 기억에 관한 실험은 많습니다. 그렇다면 냄새가 정말로 오래전 기억을 더 생생하게 되살려내는 걸까요? 프루스트 효과는 정말로 존재할까요?

심리학자인 추와 다운즈는 다른 방법을 이용해서 좀 더 성공적인 결과를 얻었습니다. 단서가 되는 단어를 사용하는 회상 실험에서 60세가량의 나이 많은 피실험자들이 어린 시절과 청년기 초기의 기억을 유난히 많이 떠올렸습니다. 이번에는 피실험자에게 식초, 화장용

파우더, 잉크, 기침약, 라벤더 등의 냄새를 맡게 하거나 냄새의 이름을 제시했습니다. 피실험자들이 냄새의 이름만 듣고 떠올린 기억은 나이가 많을수록 회상 효과의 형태를 띠었습니다. 11세부터 25세까지의 기억이 유난히 많이 나타난 것입니다. 일반적으로 20세가 넘으면 후각은 급격하게 감퇴합니다. 추정에 따르면 10년마다 절반으로 줄어든다고 합니다. 그런데 나이가 들수록 냄새를 통한 회상 효과는 크게 나타납니다. 역설적이게도 우리가 맡을 수 있는 냄새가 점점 줄어들기 때문에 과거의 냄새와 관련된 기억이 고스란히 보존된다는 얘기입니다.

우리가 기억하든 기억하지 못하든 과거 특정 냄새에 얽힌 사건이 있었다면 어느 순간 그 특정 냄새나 그와 유사한 냄새에 의해 후각 자극이 일어나고 이 신호가 뇌를 자극하여 뇌 속의 과거 기억을 깨운다고 합니다. 눈이나 귀의 신경세포는 감지된 정보를 고등 뇌로 신호를 보내는데, 콧속 신경세포는 변연계라는 곳으로 신호를 보냅니다. 변연계는 우리의 감정과 기억을 담당하는 곳입니다. 이 때문에 시각과 연계된 기억과 달리 후각에 연계된 기억이 감정의 기억을 동반하는 것도 바로 감정을 관장하는 변연계와 연계된 후각신경계의 특징 때문이라고 합니다. 그래서 냄새는 단순한 냄새로 끝나는 것이 아니라 추억과 함께 그때의 감정까지 떠올리게 되는 것입니다. 프루스트가 마들렌의 향기로 인해 먼 과거로 돌아갔듯이 말입니다.

우리의 기억은 단순한 이미지로 남아 있기도 하지만 특정한 장소나 특정한 냄새와 결합되어 저장되어 있기도 합니다. 냄새에 대한 어떤 추억이 있는지 더듬어봅시다. 분명 과거의 어떤 냄새와 결합된 이야기가 있을 것입니다.

어린 시절에 많이 먹었던 음식들이 가끔 먹고 싶은 것은 맛에 대한 향수일 수도 있지만 냄새에 대한 기억 때문이라고 생각합니다. 입맛은 이미 더 맛있는 음식에 길들여져 있지만 후각은 과거의 냄새를 그리워하고 있는 건 아닐까요.

기억과 음악

"어린 시절을 어떻게 보냈어요?"

"까맣게 잊어버렸어. 기억이 나지 않아. 정말 미안해."

"뭐가 기억나지 않으세요?"

"아가씨가 된 다음에 뭘 했는지가 떠오르지 않아. 다 잊어버려서 기억이 안 나."

미국의 한 요양원에서 살고 있는 그녀에게 노래를 들으며 옛일을 떠올리는 실험을 제안합니다. 그러고는 그녀가 젊었을 때 즐겨 듣던 루이 암스트롱의 곡을 헤드폰을 통해 들려줍니다. 그녀는 즉시 '루이 암스트롱'이라고 답하며 그 노래를 즐겨듣던 학창 시절이 떠오른다고 합니다. 엄마가 루이 암스트롱 공연에 가지 말라고 했는데 밤에 몰래 빠져나가 공연을 봤던 얘길 합니다. 그리고 그때부터 줄줄이 아들의 생일과 어디서 살았는지를 구체적으로 말하기 시작합니다.

헨리 씨는 요양원에서 외톨이입니다. 휠체어에 탄 채 고개를 푹 숙이고 있습니다. 딸이 찾아와서 딸이라고 말해도 별 감흥이 없습니다. 아버지가 젊었을 때 틈만 나면 노래를 부르고 춤도 췄다는 딸의 말을 듣고 헨리 씨가 들었던 노래를 들려줍니다. 그는 몸을 들썩이며 가스펠송을 따라 부릅니다. 표정이 다양해지고 얼굴에는 생기가 돕니다. 댄스 파티에 갔던 얘기와 좋아했던 캠 캘어웨이 흉내를 냅니다.

꾸며낸 이야기가 아니라 마이클 로사토-베넷의 〈그 노래를 기억하세요〉라는 다큐입니다. 요양원에서 자원봉사를 하던 댄 코언은 치매 환자들에게 옛날에 좋아했던 음악을 들려주었습니다. 그리고 그들이 변화하는 것을 목격하고, 좋아하는 노래를 들으면 치매 노인들이 어떻게 되는지 보여주고 싶어서 촬영을 요청합니다. 딱 하루만 촬영하기로 했는데 무려 3년 동안 촬영이 이어졌고 그것이 〈그 노래를 기억하세요〉라는 다큐로 완성되었습니다.

음악은 우리의 감정을 자극합니다. 울림이 큰 스피커로 음악을 들을 때면 물리적으로 소리가 우리의 심장을 자극하기도 합니다. 감정뿐만 아니라 노래는 뇌의 다양한 부분을 일깨워 그 노래와 연관된 기억을 일깨웁니다. 한때 즐겨들었던 노래를 길 가다 우연히 듣게 되면 함께 어울렸던 사람들과 자주 갔던 장소, 심지어 그 노래가 유행했던 당시의 패션이나 머리 모양, 화장법이 생각나기도 합니다.

당신은 어떤 노래를 즐겨 들었습니까? 지금 즐겨 듣는 음악은 무엇입니까?

우리가 기억하는 일들은 감각과 관계된 것이 많습니다. 그래서 어떤 특정한 냄새나 맛(음식) 혹은 촉각에서부터 기억을 떠올리는 것은 글감을 찾을 때 좋은 방법입니다. 좋아하는 음식은 무엇입니까? 그 음식을 좋아하게 된 특별한 계기가 있나요? 아니면 그 음식과 관련된 사건이나 사람이 있나요? 어떤 사건입니까? 이렇게 조금씩 질문의 범위를 좁혀가면 글쓰기가 훨씬 수월합니다. 막연하게 그 시절의 이야기를 써볼까 하고 시도하는 것보다는 감각을 이용해서 더 들어가면 글로 자연스럽게 표현하기 쉬울 뿐만 아니라 저절로 글이 자세해집니다. 감각은 정교하게 저장되어 있기 때문입니다. 우리는 정교하게 저장되어 있는 그 기억을 찾아내서 차분히 기록하기만 하면 됩니다.

<hr />

*   다우베 드라이스마 지음, 김승욱 옮김, 《나이 들수록 왜 시간은 빨리 흐르는가》, 에코리브르, 2005 참고함.

5
앨범
꺼내보기

*

사진 속 시간은 정지되어 있습니다. 남겨두고, 빼앗기고, 지나쳤던
것들이 사진 속에 고스란히 남아 있습니다. 자연스럽게 과거로의 시
간 여행이 가능합니다.

지금까지 글을 몇 꼭지 쓰면서 과거의 기억들을 되짚어봤습니다.
하지만 저절로 기억이 나기만을 기다리는 것은 한계가 있습니다. 그
럴 때 앨범을 펼쳐보길 권합니다. 앨범에 끼워진 사진들이야말로 기
억의 실체입니다. 앨범을 한 장씩 넘기면서 자신만의 슬라이드 쇼를
해봅시다. 분명 이야기의 한 장면이 될 글감을 찾을 것입니다. 장면
은 행동이 필요하고, 시간과 장소가 필요하고, 인물의 움직임이 필요
하다는 것은 염두에 두고 찾으면 더 잘 찾을 수 있습니다.

앨범 속 사진처럼 선명한 글 하나를 소개하려고 합니다. 지난 겨울
강좌를 들었던 수강생의 글입니다. 이 글을 읽은 후 차가운 문고리를

만질 때마다 반사적으로 이 글이 떠오릅니다. 아마 당분간은 문고리의 차가움과 어머니를 잃은 아픔이 동시에 기억될 것 같습니다.

개나리를 보며 떠나신 어머니

병원 문을 열고 들어갔는데 이 문은 왜 이렇게 차가울까?

창밖에는 봄을 알리는 새싹이 얼굴을 내밀고 개나리 봉오리도 얼굴을 내밀고 있었다. 많은 사람들이 왔다 갔다 하고 검은 옷을 입은 사람들이 바쁘게 움직이며, 사람들의 표정이 굳어 있고 분위기도 엄숙하였다. 복도 주위에는 하얀 백합이 즐비하게 서 있고, 마치 그 모습은 사람들을 맞이하고 있는 것 같았다. 안에서는 식사를 하는 사람들도 있고 다른 쪽에서는 절을 하는 사람도 있고 복도에서는 서성이는 사람도 보였다.

점점 주위가 어두워지니 사람들이 한둘씩 빠져나가고 방안 한쪽 구석에서는 서너 명이 옹기종기 모여 앉아 화투를 치고, 옆에서는 술을 마시며 이야기를 하는 사람들도 있었다. 상주를 위해 함께 밤을 새워줄 모양이다.

예쁜 꽃들로 둘러싸인 어머니의 사진을 보니 갑자기 밀려오는 공허함에 과거의 기억이 주마등처럼 머리를 스쳐갔다. 대부분의 부모님이 그렇듯이 한평생을 자식을 위하여 희생하며 살았던 우리 세대의 어머니.

10여 년 동안 병원을 왔다 갔다 하며 지내시다 병이 악화되어 치료를 받다 돌아가셨다. 언덕 위의 집을 매일 서너 번씩 불평 한 번 없이 오르내리고 짐을 들고 올라오실 때는 이미에 구슬땀을 흘리면서 들어오시던 모습이 눈에 선하다. 자신보다는 자식을 먼저 생각하고 먹이고 입히고 키우다가 일생을 보내셨다. 나도 어머니와 같은 삶을 살아왔을까? 시대가 많이 변하고, 삶의 패턴이 바뀌었다고 핑계를 대고 잃어버린 것이 아닌가? 어머니의 사진을 보며 만감이 교차한다.

자신의 인생을 포기하면서 살아오신 어머니에게 취미가 무엇인지, 좋아하는 것이 어떤 것인지, 하고 싶은 일이 있었는지 한 번이라도 물어봤는지, 그냥 모른 채 바쁘다는 핑계로 알려고 하지 않았는지, 밤새 뜬눈으로 지난 추억을 회상하며 어느덧 내 눈에도 눈물이 맺혀 있었다.

아침 햇살을 받은 개나리꽃은 어제보다 선명했다. 이제 이 차가운 문을 나서면 저 밖의 개나리 새싹들이 어머니 가는 길을 따뜻하게 반겨주겠지. 아니 따뜻한 개나리를 보며 가벼운 마음으로 먼 길을 가시겠지.

사랑하는 나의 어머니.

자전적 글쓰기는 처음부터 끝까지 과거의 기억을 좇아가는 행위입니다. 기억은 늘 불완전하며 선택적으로 저장되어 있습니다. 그것을 포착하면 인상적인 글을 쓸 수 있습니다. 앨범 속 사진처럼 말입니다. 어머니의 장례식 광경은 여느 장례식과 별반 다르지 않습니다. 하지만 이 글을 읽고 독자에게 남기는 인상은 선명합니다. 바로 '차가운 병원 문'과 '개나리'의 극적 대조 때문입니다. 이 글을 쓰면서 2개의 사물을 대조해야겠다고 생각하고 의도적으로 끌어들인 건 아닐지 모릅니다. 아마도 글쓴이는 어머니의 장례식에서 느낀 감각을 되살리려고 했을 것입니다. 글쓴이의 기억 속에 병원 문의 차가움이 각인되어 있었거나 어머니가 마지막 보았을 개나리가 있었겠지요. 어쩌면 이 글을 쓰기 전까지 글쓴이도 기억 속에 '어머니의 죽음'과 '개나리' 이 두 가지가 있었다는 것을 깨닫지 못했을 겁니다. 글로 옮겨 보았기 때문에 살아난 기억이 아닐까요.

이른 봄, 이제 막 개나리가 피었습니다. 노란 개나리가 창밖엔 보이지만 병원 문고리는 차갑습니다. 일평생 자식들을 위해 살아온 어머니의 삶과 개나리를 보며 위로받기를 바라는 자식의 마음이 잘 느껴집니다. 또 어머니의 죽음을 받아들여야만 하는 현실이 병원 문의 차가움으로 다가옵니다. 군데군데 표현이 좀 어색하고 상투적이지만 이 글은 이 두 사물의 대조적 표현만으로 힘이 있습니다.

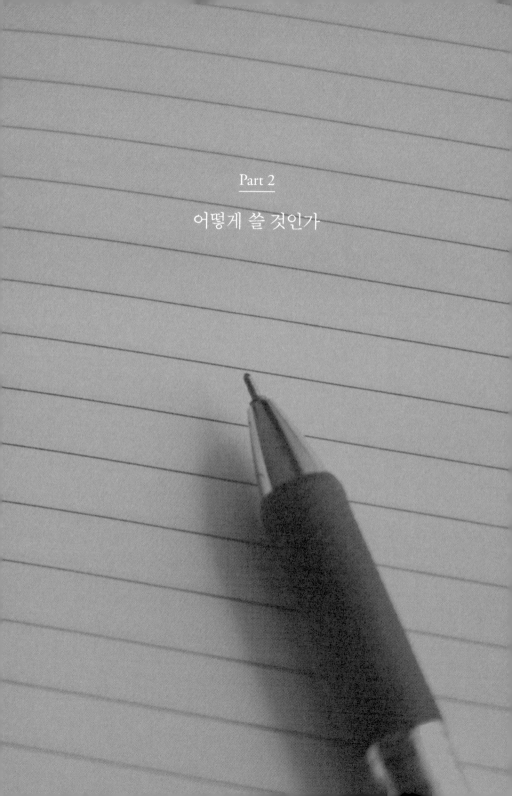

Part 2

어떻게 쓸 것인가

제4강

글쓰기,
시작이 반이다

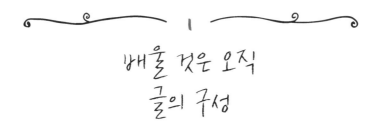

배울 것은 오직 글의 구성

*

이야기는 하나의 거대한 사건 그 자체입니다. 이야기가 만들어지려면 구체적인 장면을 떠올리고 시작해야 합니다. 그리고 그 출발점을 어디로 할 것인지, 끝은 어떻게 끝낼 것인지 결정해야 합니다. 장면의 시작과 끝은 사건의 목적, 즉 그 이야기의 목적이 됩니다. 이야기의 목적을 위한 적절한 배치가 바로 '구성'입니다.

글쓰기 강의에서 가장 많이 듣는 질문은 "어떻게 하면 좋은 글을 쓸 수 있나요?"입니다. 이것은 다른 글쓰기 강사들도 마찬가지일 것입니다. 다른 분들은 어떻게 대답하는지 모르겠습니다만 저는 일단 많이 쓰는 것이 좋을 글을 쓸 수 있는 지름길이라고 생각합니다.

글을 내용과 형식으로 나눴을 때, 내용은 글을 쓰는 사람의 경험과 지식과 사유로 채울 수 있습니다. 경험, 지식, 사유는 짧은 시간에 만들어질 수 없습니다. 어떻게 보면 그 사람 자체입니다. 나이 들어 얻은 얼굴 근육과 주름의 모양과 비슷하게 세월만이 만들어낼 수 있는 것들이죠. 글을 쓰는 사람 자신도 어떤 경험을 했고, 얼마나 많은 지식을 머릿속에 가지고 있으며 어떤 사유를 하고 있는지 알지 못합니다. 글을 쓰는 과정에서 스스로 놀랄 만한 것들을 떠올리고 몰입을 통해 표현 기술이 드러나니까요.

좋은 글을 쓰기 위해 '많이 쓰는 것'을 권하는 까닭은 직접 써보기 전에는 알 수 없는 경험을 하기 때문입니다. 글은 백 퍼센트 필자의 의도로 채워지지 않습니다. 쓰기 전에는 생각할 수 없는 알파(α)를 얻습니다. 물론 글을 쓰기 전 어떤 목표를 설정합니다. 흔히 이걸 주제라고 말합니다. 글쓴이의 의도 같은 것이죠. 하지만 막상 글이 시작되고 생각나는 대로 따라가면 엉뚱한 곳에 와 있기도 합니다. 처음 목표와 방향은 비슷하지만 몰입 정도에 따라 표현의 깊이는 다릅니다. 이런 현상은 글쓴이가 얼마나 글을 장악하고 있느냐 못했느냐와는 전혀 다른 얘깁니다. 글을 쓰면서 스스로 자신의 지식과 경험과 사유가 얽히면서 새로운 화학 작용을 일으키는 것입니다. 그래서 새로운 논리와 깊이를 만듭니다. 이는 글을 써본 사람들이 흔히 하는 체험입니다. 작가들의 인터뷰가 아니라도 일반인의 글쓰기 체험에서도 종종 듣습니다. 자기 삶을 기록한다는 행위가 그 자체만으로도 홀륭하고 의미 있지만 글을 쓰는 동안 그 사람이 성숙한다는 것은 이런 체험의 과정을 경험하기 때문이라고 생각합니다.

어떤 소재에 대해 글을 쓰기 시작했는데 처음 예상과는 다르게 뜻밖의 이야기가 줄줄 나오거나 자신의 생각이 정돈되어 술술 나오는 경험을 하기도 합니다. 글을 쓰는 사람의 의도와는 상관없는 일이 일어납니다. 사실 이런 경험 때문에 계속 글을 쓰는 것인지도 모릅니다. 자기도 모르는 자신의 모습을 발견하는 것은 글쓰기의 또 다른 기쁨입니다.

그렇다면 글쓰기 강의에서 배우는 것은 무엇일까요? 글을 잘 쓰기 위해서 배우는 것은 무엇일까요? 왜 글쓰기 강의를 듣는 걸까요?

우선 강의를 듣는 동안에는 짧게나마 규칙적으로 글을 쓸 수 있기 때문입니다. 이렇게 쓴 짧은 글이 씨앗이 되어 점점 글감이 다양해지고, 건져 올리는 기억도 풍성해지고, 사소한 것이 모여서 마침내 책 한 권 분량이 됩니다. '자서전'이라는 말은 거창해서 시작할 엄두가 나지 않는다면 '손바닥'이라는 말만 집중하십시오. 우리는 손바닥만한 이야기를 쓰면 됩니다.

강의 시간에 글쓰기 이론을 배운다면 '오직 구성'이라고 말하고 싶습니다. 구성이란 쉽게 말해, 이야기를 배치하는 것입니다. 어떤 이야기를 먼저 하고 어떤 이야기를 나중에 할 것인가. 어디서부터 이야기를 시작할 것인가. 어디서 이야기를 끝맺을 것인가. 이런 고민들은 구성으로 귀결됩니다.

우리는 이미 학교를 다니면서 구성에 대해 많이 배웠습니다. '기-승-전-결', '서론-본론-결론', '발단-전개-위기-절정-결말' 등이 소위 구성의 단계입니다. 어디서부터 글을 시작해야 좋을지 모르는 사람이 가장 먼저 떠올리는 구성법입니다. 글의 갈래에 따라 그 말이 다르지만 대체로 이 구성 단계들은 포물선 형태를 지닙니다. 시작이 있고 클라이맥스가 있고 끝맺음이 있습니다. 이게 일반적인 글의 구성법입니다. 이 구성법을 사용하면 실패하지 않고 무난하게 글을 쓸 수 있습니다. 이런 포물선 형태의 구성을 사용하면 퇴고할 때 다양하게 구성을 바꿀 수 있습니다.

여기서는 포물선과는 조금 다른 뫼비우스의 띠 구성법에 대해 설명하려고 합니다. '뫼비우스의 띠 구성법'이라는 말은 제가 임의로 붙인 것이니 이름은 잊어도 좋습니다. 다만, 그 방법은 익혀놓으면 유용하게 쓰일 때가 많습니다. 특히, 자전적 글쓰기와 같은 사적인 글쓰기에 쉽게 활용할 수 있습니다.

2

뫼비우스의 띠
구성법

＊

글의 처음과 끝이 같은 소재로 맞물려 있습니다. 처음으로 돌아오지
만 돌아왔을 때는 이미 처음과는 그 의미가 달라져 있습니다.

웬 '뫼비우스의 띠'냐고요?

뫼비우스의 띠는 수학 용어입니다. 종이를 길게 잘라 띠를 만든 후 종이 띠의 양 끝을 한 번 꼬아 양 끝을 붙이면 뫼비우스의 띠가 됩니다. 경계가 하나밖에 없는 2차 도형, 즉 안과 밖의 구별이 없는 곡면을 말합니다.

저는 글쓰기의 구성을 말할 때 이 뫼비우스의 띠에 대해 설명합니다. 종이를 기다랗게 잘라서 직접 어떤 모양이 뫼비우스의 띠인지 보여주기도 합니다. 글의 구성과 뫼비우스의 띠와 무슨 상관이 있을까요? 사실 이 구성법은 제가 글을 쓸 때 가끔 사용합니다. '뫼비우스의 띠 구성'이라는 말도 제가 붙였습니다.

뫼비우스의 띠 구성은 어떤 소재로 시작을 합니다. 그리고 글 끝에서도 다시 그 소재를 언급하면서 끝납니다. 글의 처음과 끝이 같은 소재로 맞물려 있는 셈이지요. 처음 내세웠던 이미지가 끝에 반복된다는 특징이 있습니다. 처음으로 돌아오지만 돌아왔을 때는 이미 처음과는 그 의미가 달라져 있습니다. 저는 글쓰기에서 '소재'를 사용해 처음과 끝을 맞물리게 하지만 이 방법은 이야기를 이끌어가는 고전적인 방법입니다.

흔히 '로드 무비'라고 불리는 영화들이 이 구성법으로 이야기를 전개합니다. 주인공은 길 위에 있고, 여정을 떠나거나, 여정 중 어떤 곳에 머무를 때의 이야기를 주로 다룬 영화를 '로드 무비'라고 합니다. 영화의 주인공은 어떤 곳을 향해 갑니다. 어떤 장소, 물건 혹은 사람을 찾아가는 이유가 분명합니다. 그 이유가 타당하면 타당할수록 영화는 설득력을 갖습니다. 물론 길 위에서 온갖 갈등과 시련을 겪습니다. 하지만 결국엔 길 위에 남습니다. 길에서 시작해서 어떤 목적지를 향해 가지만 길 위에 머물거나 다시 길을 떠나는 걸로 끝나게 마련이지요. 시작 지점의 '길'과 끝 지점의 '길'은 길이라는 것만 같지 주인공에겐 전혀 다른 의미입니다.

밥 딜런의 곡 '노킹 온 헤븐스 도어'로 유명한 토머스 얀 감독의 같은 제목의 영화도 그중 하나입니다. 뇌종양 말기 환자인 마틴과 골수암 말기 환자 루디는 같은 병실에 입원합니다. 병실 안에서 데킬라를 발견하고 술에 취한 마틴은 아직 바다를 본 적이 없다는 루디의 말에 바다로 갈 것을 제안합니다. 주차장에서 벤츠를 훔쳐 달아나지만 그 차는 트렁크에 보스의 돈 100만 마르크가 들어 있는 악당의 차였습니다. 이들을 쫓는 것은 멍청한 악당 압둘과 헹크였습니다. 마틴과 루디는 자신들이 타고 있는 차에 엄청난 돈이 있다는 것도 모르고 강도 행각을 벌이며 이동합니다. 우여곡절 끝에 마틴과 루디는 마침내 바다에 이릅니다. 바다는 그들이 상상했던 것만큼 아름답지 않고 칙칙하기만 합니다. 둘은 아무 말 없이 바다를 바라보며 데킬라를 마십니다. 결국 마틴은 발작으로 죽습니다. 루디의 뒷모습과 하늘이 오버랩되면서 밥 딜런의 '노킹 온 헤븐스 도어'가 나오며 영화는 끝납니다.

마틴과 루디가 바다를 보러 떠난 결정적인 계기는 함께 '데킬라'를 마신 사건입니다. 물론 그들의 목적지가 왜 하필 바다였는가는 그 상징이 너무 커서 여기서 다 설명할 수 없습니다. '데킬라'에만 주목해 봅시다. 병실에서 '데킬라'를 먹다가 바다를 보러 갑니다. 길을 떠나서 겪은 일을 영화는 다소 코믹한 시선으로 보여줍니다. 마침내 그들의 목표였던 바다에 이르죠. 거기서 그들은 또다시 '데킬라'를 함께 마십니다. 병실에서 마시던 것처럼.

영화의 처음과 끝에 '데킬라'가 등장합니다. 루디와 마틴은 말기 암 환자입니다. 병실에서 우연히 발견된 데킬라. 데킬라처럼 독한 술이 좋을 리가 없죠. 하지만 그들은 금지된 그 술을 마십니다. 현실을 넘어가게 하는 영화적 장치입니다. 그다음 펼쳐진 것은 그들이 꿈꾸는 곳(바다)으로 향해 가는 여정입니다. 그 여정의 끝에서 다시 '데킬라'를 마십니다.

병실에서 마신 '데킬라'가 현실을 넘어가는 소재였다면 바다에서 구름이 가득한 하늘을 보면서 마신 '데킬라'는 무엇일까요? 다시 현실로 돌아올 수밖에 없는 숙명이었겠지요. '토머스 얀 감독이 관객에게 뭘 말하려고 했던 걸까?'라는 물음에는 각자 받아들인 대로 다른 말을 할 것입니다. 그러나 어떤 얘기 속에도 선명하게 각인된 '데킬라'를 빼놓을 수는 없겠지요.

이 방법을 글쓰기 구성에 연결시키면 앞서 말씀드린 '뫼비우스의 띠 구성'입니다. 처음 데킬라와 나중의 데킬라는 의미가 완전히 다릅니다. 그 의미를 다르게 만드는 것은 두 데킬라 사이에 진행된 이야기입니다. 영화를 본 지 오래 되어서 둘이 병실을 떠나 바다에 이르는 과정은 잘 기억나지 않습니다. 하지만 어쩌다 데킬라를 보면 이 영화가 떠오릅니다. '맞아, 영화이지만 두 사람을 현실 너머로 데려다 준 술이지.' 이런 생각이 듭니다.

이 구성을 적용한 글을 예로 들어보겠습니다. 다음 글은 '서울신문'의 '新전원일기'에 제가 인터뷰어로 참여할 때 썼던 기사입니다. 제주도 한림에서 흑보리와 감귤농사를 지으며 살고 있는 어느 부부 기사입니다.

그녀는 제주 한림(翰林)에 산다. 그녀가 사는 집 마당엔 동백나무와 블루베리나무가 있다. 주먹만 한 열매를 단 하귤나무는 뒤란으로 가는 길목에 서 있다. 마루에 앉아 **동백꽃**과 담장 너머 마을을 한참 쳐다봤다. 육지에서 보지 못한 홑겹의 **동백꽃**이 바람에 흔들렸다. 공항에서 한림으로 올 때 갤 듯한 날씨는 어느새 흐릿해졌고 제법 바람도 불고 있었다. 5년 전, 그들은 이 집에 정착했다.

(…)

네다섯 명이 함께 농사를 짓는 것이 그녀에게는 여러 가지로 좋은 모양이다.

"그게 품앗이든 두레 형태든 함께 해볼 수 있는 일이 많아요. 좀 더 큰 규모의 농사도 지을 수 있고 재밌게 할 수 있어요. 혼자 땡볕에서 풀 깎고 약 치는 것과 두어 명이 같이 일하는 것은 효율 측면에서 달라요. 심적으로 의지되는 부분도 크고. 그런 면에서 서로 마음에 담아두는 일을 만들지 않기 위해 많이 얘기하고 어떤 일이든 구체적으로 정해놓으려고 해요. 일을 할 때 그 친구들의 상황과 마음을 배려하려는 노력을 하게 되어서 좋아요. 그럼으로써 함께하는 사람의 소중함을 배울 수 있으니까요."

어릴 적 그녀가 되고 싶었던 몇몇 직업에는 분명 농부도 있었다고 한다. 이제 농부가 됐다. 대학 동기 중 농사짓는 사람은 그녀뿐이라고 한다. 친구들이 '행복해 보인다, 멋있다'고 말해주면 우쭐하기도 하지만 한편으로 자신의 자리를 돌아보게도 된다. 다른 직업을 택할 걸

그랬나, 수백 번 생각해봤다. 그래도 최선의 선택이었다는 결론에 이른다. 그리고 '아직은 잘 가고 있어'라고 스스로를 다독인다.

"농부는 사람보다 자연에 가까운 사람이라고 생각해요. 농부가 좋은 것은 비록 몸은 고되지만, 마음은 어디 구속되어 있지 않고, 시간의 얽매임도 없고, 무엇보다 자기 주도적인 삶을 살 수 있는 거죠."

한림, 그녀의 집 마당엔 아직도 **동백꽃**이 피어 있을 것이다. 그녀의 삶은 그 **동백 꽃잎**을 닮았다. 자신의 신념을 좇아 한 길을 걸어온 사람만이 가질 수 있는 빛깔이다. 순수하고 단단한 시간이 묻어 있다. 홑겹이지만 선명하고 붉다.

―〈서울신문〉, 2017년 1월 17일자

인터뷰의 첫 장면을 한림에 사는 그녀의 집 마당에 핀 동백꽃으로 시작했습니다. 동백은 겨울, 제주에서 간간이 볼 수 있는 꽃입니다. 그녀의 집 마루에 걸터앉았을 때, 동백 한 그루가 눈에 들어왔습니다. 물론 처음부터 저 동백을 글 첫머리로 해야지, 라고 생각하지 않았습니다. 인터뷰를 마치고 녹음한 내용을 정리한 다음 어떤 문장부터 시작하면 좋을까 고민할 때 갑자기 그 동백나무가 생각났습니다. 그녀의 집 마당에 있던 나무는 남해안 바닷가에서 흔히 봤던 동백과는 다른 겹꽃잎을 가진 동백나무였습니다. 빨간 동백꽃이 그녀의 삶과 잘 어울렸고 동백을 내세워 글을 쓰면 좋은 글이 나올 것 같았습니다. 그래서 동백꽃부터 글을 시작했습니다.

이 글의 '동백꽃'이 영화 〈노킹 온 헤븐스 도어〉 속의 '데킬라'와 같은 역할을 합니다. 동백꽃이 '그녀'의 삶으로 옮겨갑니다. 결혼 후 오창에서 살았던 얘기, 그러다가 제주도로 오게 된 사연, 더 거슬러 올라가 농사를 짓고 살게 된 계기 등등으로 이어집니다. 감귤 농사, 흑보리 농사로 이어지다가 글의 끝에서 다시 동백꽃으로 돌아옵니다. 영화에서 바다를 보며 데킬라를 마시던 것처럼 말입니다. 글의 처음에서는 무심한 동백꽃이었는데 글의 끝에서 동백의 선명하고 붉은 꽃잎은 그녀가 살아온 삶과 겹칩니다. 마틴과 루디가 바닷가에서 죽음 직전에 마시던 데킬라는 흔한 '데킬라'가 아니죠. 저는 그들이 칙칙하고 혼탁한 하늘과 바다를 배경으로 '마지막 데킬라'를 마시던 장면부터 눈물이 났습니다. 바로 앞 장면까지는 낄낄거리며 보고 있었는데도 말입니다. 그렇습니다. 앞 부분의 '데킬라'에서 영화는 관객을 '마지막 데킬라'를 향해 데리고 왔습니다. 데킬라는 관객의 마음 속과 기억 속에서 이미 수많은 이미지로 변형되고 확장되었습니다. 그것만으로도 충분한데 토머스 얀 감독은 밥 딜런의 노래로 결정타를 날립니다. 관객들은 꼼짝없이 감동의 도가니로 빠져듭니다.

뫼비우스의 띠는 평면이지만 한 번 꼬아져 시작점과 만납니다. 정확히 말하면 이때 서로 만나는 면은 같은 면이 아닙니다. 앞면과 뒷면이지요. 같은 시작점처럼 보이지만 결코 같은 시작점은 아닌 거죠. 첫 문단의 '동백꽃'이 일반명사에 가깝다면 마지막 문단의 '동백꽃'은 단순한 일반명사가 아니라 '그녀의 삶'을 포함한 중의적 의미를 갖습니다. 이렇게 의미가 중첩될 때 글은 깊이가 생깁니다.

단순해 보이지만 효과가 큰 구성법입니다.

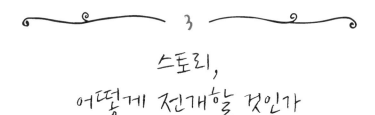

스토리,
어떻게 전개할 것인가

*

구체적인 장면을 떠올리고 그 장면을 다른 사람에게 설명하듯이 차근차근 앞으로 나아가면 됩니다. 무엇보다 중요한 것은 글을 쓰는 것입니다.

몇 가지 플롯을 익히고, 그리고 쓰고, 또 쓰고, 고치고, 다시 쓰고… 이 과정만이 좋은 글을 쓰는 방법입니다. 쓰면서 부족한 것이 있다면 보충해가는 것이 더 유리합니다.

사람들이 글쓰기를 어렵다고 생각하는 것은 글쓰기에 대한 이론을 완벽히 익히고 접근하려고 하기 때문이 아닐까 합니다. 학교 교육에서도 글에 대한 것은 '쓰기' 위주가 아니라 '쓰기 이론'을 주로 배웁니다. 실제로 '쓰기'를 하더라도 그 글에 대해 피드백을 주기가 현실적으로 불가능하기 때문입니다.

이야기는 하나의 사건이며 장면입니다. 따라서 이야기를 만들려면 구체적인 장면을 떠올리고 시작하는 것이 좋습니다. '장면'이 동영상이라고 생각하고 어디서부터 필름을 돌릴지를 결정하십시오. 그 지점이 글의 출발점입니다. 시작 지점을 정하는 것, 어디서 끝낼지 정하는 것이 단순한 의미의 '글의 구성'입니다. 특히, 자전적 글쓰기와 같이 이야기 형식을 가진 글은 시작과 끝이 중요합니다. 장면의 시작과 끝은 사건의 목적, 즉 그 이야기의 목적이 되기 때문입니다. 이걸 구체적으로 정하지 않으면 사건은 없고 서술만 남는 글이 되고 맙니다. 사건은 이야기 속에서 움직이는 인물이 있고, 배경과 이미지, 행동, 대화 속에 자리 잡습니다.

글이 이야기로만 서술되고 있다면 쓰고 싶은 장면의 배경을 직접 구체적으로 그림으로 그려보는 것도 좋습니다. 예를 들어, 어린 시절 살던 동네가 공간적 배경이라면 그 모습을 지도로 만들어봅시다. 지도를 그리는 동안 막연하던 기억은 구체적인 공간을 짚어갈 것입니다. 다음에는 자연스럽게 거기에 숨어 있던 기억도 따라옵니다. 몇 장면만 시도해보면 어디에서 시작해서 어디서 끝내는 것이 효과적일까 감이 오고, 그것이 글을 쓰는 사람의 색깔이 됩니다. 삶의 환희에 대해서 쓰려면 햇빛을, 더 들어가서 백일홍 꽃잎에 떨어지는 햇빛을, 아니면 여름날 소나기가 그친 후 백일홍 꽃잎에 떨어지는 햇빛을 써야만 합니다. 글을 시작할 때 출발점을 이렇게 작게 정하고 시작하면 허황된 이야기에 빠지지 않을 뿐더러 저절로 끝도 자연스럽게 결정됩니다.

태어나고 자란 집의 구조를 그려보자

　책상 위에 백지 두 장이 놓여 있습니다. 오늘은 자신이 태어나고 자란 집의 구조를 그림으로 그려보겠습니다. 잘 그리지 않아도 됩니다. 자신이 알아보기 쉽게만 그려도 됩니다. 평면도처럼 그려도 되고, 그림을 그리듯이 정면에서 보이는 대로 그려도 됩니다. 집의 구조를 그렸으면 장독대, 화단, 담장, 대문, 뒤란, 나무들도 그려봅시다. 나머지 한 장에는 마을의 풍경을 그리겠습니다. 친구들과 뛰어놀던 공간과 친한 친구의 집, 마을을 상징한 나무나 특정한 물건, 그 외에 특징적인 곳을 그려봅시다. 잘 떠오르지 않는 곳도 있을 것입니다. 희미해서 위치가 정확하지 않은 곳도 있을 것입니다. 하지만 기억하는 대로 떠올리면 됩니다. 집의 구조를 하나하나 그리다 보면 '아, 이런 일도 있었구나' '맞아, 내가 그 골방을 좋아했지' '그 집에 다락방이 하나 있었어. 다락방 작은 창으로 골목이 내려다보였는데' 이런 생각이 머릿속에 돌아다닐 것입니다. 그중 하나를 잡아서 글을 써보겠습니다.

　집의 구조를 그리면서, 마을 풍경을 그리면서 그 장소에 얽힌 일들이 분명 생각났을 것입니다. 강의에서 만난 한 분은 어린 시절을 보낸 시골집 뒤란이 가장 많이 생각이 난다고 했습니다. 그날 뒤란에 대한 글을 썼는데, 내용은 이렇습니다.

뒤란과 쑥갓 꽃

어렸을 때 아버지와 엄마가 싸우는 모습을 많이 봤다.

아버지가 술을 마신 날이면 어김없이 한바탕 소란스러운 싸움이 일어났다. 술에 취한 아버지는 골목 어귀부터 시끄럽게 등장했고, 이 소리가 들리면 우리 가족은 저마다 숨을 곳을 찾아갔다. 엄마는 주로 옆집 귀주 네로 갔다. 귀주 네와 우리 집은 낮은 담장으로 나뉘어 있어서 쉽게 건너갈 수 있었다. 누나는 잘 쓰지 않는 헛간으로 갔다. 냄새가 좀 나긴 했지만 숨을 곳이 많은 곳이었다.

내가 숨은 곳은 뒤란이었다. 뒤란은 갑갑하지 않았고 방으로 통하는 작은 문이 있어 아버지가 잠들면 들키지 않고 방으로 들어갈 수 있었기 때문이다. 아버지의 술주정을 피해 비록 뒤란으로 도망을 갔지만 나중에는 그곳이 아늑한 느낌마저 들었다.

그날도 아버지의 고함 소리가 들려서 마루에서 숙제를 하다가 황급히 뒤란으로 몸을 숨겼다. 아버지가 빨리 잠들기를 기다리며 집 처마 쪽에 몸을 숨기고 있었다. 그때 하얀 꽃밭이 눈에 들어왔다. 쑥갓 꽃이었다. 뒤란에 작은 텃밭이 있었는데 그때까지는 주의 깊게 보지 않았다. 그런데 그날따라 하얀 꽃들이 뒤란에 가득한 게 눈에 들어왔다. 머릿속으로는 쑥갓도 꽃은 예쁘다는 생각을 했다. 그런데 그런 내 생각과는 별개로 얼굴 위로는 눈물이 흘러내렸다.

아버지의 술주정이 일상이 되어서 아버지의 고함에 반사적으로 몸을 숨기는 것이 식구들의 일상이 되었는데 그날 부추 꽃과 쑥갓 꽃을 보면서 처음으로 아버지의 삶에 대해서, 엄마의 삶에 대해서 또 누나와 나의 삶에 대해서 생각했던 것 같다. 아버지는 그로부터 2년 뒤 간암으로 돌아가셨다. 지금도 그 집을 생각하면 뒤란, 뒤란에서 봤던 하얀 쑥갓 꽃이 생각난다.

집에 대한 기억 중 가장 구체적인 것은 무엇일까, 그것을 고민하십시오. '그 집 창문에서 바라보던 풍경' '그 집에 이사 가던 첫날' '비 오는 날 그 집에서 있었던 일' '가깝게 지냈던 이웃 사람들' 등등.

사람은 장소 안에 많은 기억을 담습니다. 장소가 있으면 거기에 함께했던 사람들이 있을 테고, 놓여 있던 물건들도 있었을 것입니다. 반려동물도 있을 수 있고, 가까웠던 이웃이 혹은 불편한 이웃이 있을 수도 있습니다. 규칙적으로 들리던 소리가 있을 수도 있고, 특별한 사건이 있었을 수도 있습니다.

옛날에 뭘 했는지 잘 생각나지 않을 때는 먼저 그 시절에 자주 갔던, 자주 머물렀던 장소를 먼저 생각해보십시오. 백지에 그 장소를 스케치해보는 것이 그곳에 구체적으로 다가갈 수 있는 좋은 방법입니다. 오늘 한 것처럼 말입니다.

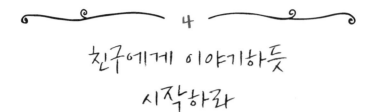

4
친구에게 이야기하듯 시작하라

*

글로 표현하는 것이 두렵다면 핸드폰의 녹음 버튼을 누르고 친구에게 자기가 살아온 삶을 들려주듯 이야기를 시작해보세요. 말은 일상적으로 늘 하는 것이므로 크게 어렵거나 부담스럽지 않을 겁니다. 중요한 것은 지금, 당장 시작하는 것입니다.

　여성 단체 강의를 가면 가끔 겪는 일입니다. 강의는 세 부분 정도로 나누어 진행하는데, 먼저 제가 30분 정도 자전적 글쓰기 전반에 대해 강의를 하고, 15분 정도 세 가지 키워드를 넣어서 자기 소개 글을 써보게 합니다. 그리고 발표 시간을 갖습니다.

　발표는 이미 써놓은 글을 읽으면 됩니다. 그런데 간혹 글을 읽다가 자기 이야기를 하는 분이 있습니다. 하고 싶은 이야기는 많은데 글은 막혀서 다 못썼고 할 얘기는 해야겠고 그래서 말로 장황하게 이야기를 합니다. 이야기가 너무 길어져 말을 끊고 다음 발표로 넘어가야 하는 경우도 있습니다.

말로는 이야기할 수 있는데 왜 글로는 안 써진 걸까요?

자기 이야기를 말로 하는 것을 힘들어하는 사람은 거의 없습니다. 몇 시간이고 자신의 경험을 이야기할 수 있습니다. 하지만 이것을 글로 써보자고 하면 대부분 어려워합니다. 이유가 뭘까요? 여기서 이런 질문을 할 수 있습니다. 말하기와 글쓰기는 정말 다른 걸까요?

결론을 말씀드리자면, 다릅니다.

글을 쓴다는 것과 말하는 것이 다르지만 의사소통의 수단이라는 점은 같습니다. 하지만 말하기는 글쓰기의 문법과 완전히 다릅니다. 말하기는 생각나는 대로 그냥 발화하면 됩니다. 말은 일회적이며 순간적입니다. 생각과 동시에 내뱉을 수 있습니다. 발화하는 순간 상대만 들을 수 있을 뿐 사라져버리기 때문에 조금 이상하게 말해도 별로 부담이 없습니다. 문법에 맞는지 확인할 겨를이 없습니다. 주어와 서술어가 호응하지 않아도 상관없습니다. 의미만 전달하면 의사소통에 큰 지장은 없습니다. 억양, 어조, 고저, 장단 같은 반언어적 표현에 기댈 수도 있습니다. 필요하면 손짓, 몸짓 같은 비언어적 표현을 사용할 수 있습니다.

하지만 글쓰기는 다릅니다. 글은 지속적이고 좀 더 체계적인 문법을 요구합니다. 글쓰기가 어려운 것은 내용을 만들어냄과 동시에 체계적으로 정리해야 하기 때문입니다. 내용을 생성할 때 뇌는 마구 쏟아내야 효과적입니다. 앞뒤 가리지 않고, 체계 같은 거 생각하지 않고 머릿속에 떠오르는 대로 그냥 따라가는 것이 좋습니다. 그런데 기록을 하면 '마구' 할 수 없습니다. 자연스럽게 쓰고 싶은 것이 떠오르는데 다른 한편에서는 그것을 '규칙'에 맞게 써야 한다고 제지합니다. 따라서 글은 마구 쓸 수 없습니다. 더구나 학교 교육을 통해 글쓰기에 대한 이론을 이미 많이 배워버렸습니다. 마구 쓸 수 없게 우리는 길들여져 있습니다. 그래서 다음 문장을, 다음 단어를 쓰지 못합니다. 쏟아져 나오는 단어들을 어떤 체계 속에 넣어야 한다는 강박이 생깁니다. 이쯤 되면 글쓰기가 어렵다고 생각되고, 글쓰기를 그만두고 싶어집니다.

글쓰기는 누구에게나 어렵습니다.

소설을 쓰는 친구들은 "소설이 안 풀린다"는 말을 입버릇처럼 합니다. "이번 소설은 아주 잘 풀려서 단숨에 썼어." 이런 말은 아주 가끔 듣습니다. 그건 어쩌다 주어지는 행운과 비슷합니다. 대부분은 모니터 위에서 커서가 깜빡이는 걸 지켜보면서 시간을 보내기 일쑤죠. 글쓰기를 직업으로 하는 사람들도 이런 지경인데 하물며 글을 많이 쓸 기회가 없었던 일반인에게 글쓰기가 어려운 것은 당연합니다. 이 당연한 것을 인정하고 시작하면 됩니다.

글쓰기 특강에서 종종 '마구 쓰기'를 합니다. 그 시간에 쓸 소재를 주고 일정한 시간에 일정한 양의 지면을 채우는 것입니다. 15분 안에 A4용지 채우기! 그리고 스톱워치로 시간을 잽니다. 비문 투성이어도 좋고, 소재를 벗어난 얘기여도 좋다고 주문합니다. 심지어 '정말 아무 생각이 안 나' '어쩌고 저쩌고' 같은 말을 써도 좋다고 합니다. 제한된 시간 안에 채워야 할 분량만 채우면 됩니다. 놀라운 것은 15분 동안 A4 용지를 채우지 못한 사람은 거의 없습니다. 더욱 놀라운 것은 주어진 소재에서 벗어난 얘기를 적는 사람도 별로 없습니다. 물론 문장이 정교하지는 않지만 뭐 그럼 어떻습니까. 우리에겐 원고를 고칠 시간이 충분합니다. 마구 쓰기를 한 글을 그다음 강의 시간에 퇴고를 합니다. 마구 쏟아낸 내용을 바탕으로 정식으로 글을 써보는 작업입니다.

이번에는 글쓰기에 대한 두려움이 없습니다. 왜 그럴까요? 이미 쏟아낸 것들을 바탕으로 덧붙이고, 분류해서 체계적으로 정리하면 되기 때문에 별다른 부담을 가지지 않습니다. 한 시간은 쏟아냈고, 한 시간은 체계를 갖춰 정리했습니다. 생각나는 대로 마구 쏟아냈고, 그다음은 규칙에 맞게 다시 썼습니다. 마구 쏟아내려는 것과 이것을 정교하게 정리하려는 뇌의 작용을 한 시간씩 분리해 활용했을 뿐입니다.

처음부터 좋은 글을 쓰는 것은 어렵습니다. 정식으로 글을 쓰려면 더 어렵습니다. 그냥 마구 써봅시다. 뇌가 자꾸만 검열하려고 해서 마구 쓰는 것이 어려우면 친구에게 자기 얘기를 하듯 말을 해봅시다. 핸드폰의 녹음 기능을 켜고 앞에 친구가 있다고 생각하고 하고 싶은 이야기를 하면 됩니다. 이것이 글로 하면 마구 쓰기입니다. 이것을 바탕으로 글을 쓰면 됩니다. 처음부터 문법에 맞고, 앞뒤 문장이 자연스럽지 않으면 어떻습니까. 다시 원고를 볼 시간은 아직 백 번쯤 남아 있습니다. 초고를 고치고, 고치고, 고치면서 점점 글이 좋아지는 걸 느끼면 이미 작가의 반열에 오른 겁니다. 그 기쁨을 느끼면 빨리 더 많은 마구 쓰기가 하고 싶을 것입니다. 산책을 하면서 중얼중얼 자기 얘기를 해봅시다. 아니, 누군가에게 하고 싶은 말을 해봅시다. 아들아… 이렇게 시작해도 좋고, 딸 누구누구야… 이렇게 시작해도 좋습니다. 아내에게, 남편에게 하고 싶은 말을 녹음해봅시다. 구체적인 대상이 있으면 아주 쉽게 말이 이어질 것입니다. 그 사람의 얼굴이 떠오르고, 그 사람에게 하고 싶은 말들이 저절로 솟아날 것입니다. 공원 벤치에 앉아 간절한 말을 해보십시오. 말하기와 글쓰기의 다른 점을 이해한다면 이 두 가지를 적절하게 이용할 수 있습니다.

여기 두 사람이 있습니다. 두 사람의 공통점은 글이 생각만큼 잘 안 써진다는 고민이 있습니다. 한 분(A라고 칭함)은 글로 딸들과 의사소통을 원활히 하고 싶은데 그게 잘 안 되는 게 고민이라고 말씀하셨고, 다른 한 분(B라고 칭함)은 글이 잘 안 써져서 고민이라고 하셨습니다. 전체 16회 강의였고 우리는 거의 매시간 한 꼭지씩 글을 썼습니다.

주제는 예고 없이 그때그때 주어졌습니다. 글을 쓸 주제를 미리 알려주지 않은 것은 자전적 글쓰기에서는 즉흥적으로 떠오르는 기억을 포착하는 것이 중요하고, 그런 글들이 거칠긴 하지만 생동감이 있고 진솔하다고 생각하기 때문입니다.

A와 B는 매시간 A4 반 장쯤을 썼습니다. 굳이 원고 분량을 비교하자면 평균에 미치지 못하는 분량입니다. 처음 얼마 동안 쓴 글을 내밀며 뭘 써야 할지 모르겠다는 말씀을 하셨습니다. 그날의 주제가 주어지면 처음엔 막막하고 간신히 뭘 쓸지 떠오르더라도 첫 문장을 어떻게 시작해야 할지 모르겠다고, 강의가 끝나고 혼잣말처럼 고민을 토로하고 돌아갔습니다. 두 분 모두.

두 사람의 고민과 패턴은 비슷했지만 A가 훨씬 희망적이라고 생각했습니다. 왜냐하면 글을 쓰고자 하는 목표가 구체적이고 절실해 보였기 때문입니다. 딸과 의사소통을 위해 글쓰기를 배운다는 동기가 평범하지 않아 보였으니까요. 실제로 A에게는 꼭 머지 않아 좋은 글을 쓸 수 있을 것이라는 희망적인 메시지를 원고 첨삭할 때 덧붙였습니다.

B는 좀 비관적이었습니다. 분량도 A4 반 페이지를 넘지 못했지만 내용도 정리되지 않고 횡설수설에 가까웠습니다. 이런 경우 대부분 몇 번 강의를 듣다가 포기하기 일쑤였습니다. 그렇게 짐작만 하고 있었습니다.

예상은 빗나갔습니다. 강의가 8회쯤 진행되자 A는 강의에 참석하지 않았습니다. 처음엔 다른 일이 생겨 한두 번 결석하는 것이라고 생각했습니다. 그렇게 희망적으로 생각한 것은 이제 막 글이 좋아지려던 참이었기 때문입니다. 하지만 전체 강의가 끝날 때까지 얼굴을 볼 수 없었습니다.

한편, B는 계속 꼬박꼬박 강의에 참석했습니다. 저는 왜 이렇게 과거에 있었던 일이 생각이 안 나는 걸까요? 남들은 짧은 시간 동안 어떻게 저런 글을 써내죠? 이런 얘기는 첫 문장을 어떻게 시작하면 좋을까요? 등등의 질문을 계속하면서 말입니다.

마지막 강의 시간에는 그동안 쓴 글 중 하나를 골라서 발표하는 시간을 갖기로 했습니다. 발표할 원고 하나를 퇴고해서 가지고 올 것을 요청했습니다. 드디어 마지막 강의 시간이 되었습니다.

"발표 순서를 어떻게 정할까요?"라고 묻자마자 B가 손을 번쩍 들었습니다. 가장 먼저 발표하고 싶다고 했습니다. 뜻밖이었습니다. 매 시간 자신의 원고를 망설이며 제출했고, 누가 자기 글을 읽는 것을 싫어했는데 제일 먼저 발표를 하겠다니요. 좀 의아했습니다.

다음 순간, 놀라운 일이 벌어졌습니다. B는 자신에 차서 당당한 모습으로 앞으로 나왔습니다. 그러고는 써온 글을 또박또박 읽어내려갔습니다. 내용은 글이 잘 안 써지는 자신의 고민을 담고 있었습니다. 그동안의 B의 고민이 고스란히, 솔직하게 담긴 글이었습니다. 듣고 있던 우리는 가슴이 뭉클했습니다. 모두 힘찬 박수를 보냈습니다. 모르긴 해도 B는 이제 글쓰기를 별로 두려워하지 않을 것입니다. 높아 보이는 벽도 넘기 전에 두렵지 막상 한 번 넘어보면 자신이 생깁니다. 두려움만 없으면 다 이룬 것과 다름없습니다. 이제 열심히 쓰기만 하면 됩니다. 또 다른 벽이 앞을 가로막으면 그때 또 고민하면 됩니다.

다음 글은 강의 마지막 시간에 발표한 B의 원고입니다. '두드려라, 열릴 것이다'라는 제목입니다. 앞부분은 글이 잘 안 써지는 고민을 친구에게 털어놓은 이야기이고, 뒷부분은 옷수선 집에 들러서 지퍼를 고치는 이야기입니다. 첫 번째 집이 비싸서 다른 집에서 지퍼와 호주머니까지 싸게, 기분 좋게 고쳐 나오면서 글쓰기의 어려움을 포기하지 않고 계속 쓰는 것과 첫 번째 수선집에서 포기하지 않고 다른 집에서 지퍼를 고친 이야기를 엮어냅니다. 그리고 제목도 자신감 있게 붙였습니다. '두드려라, 열릴 것이다'라고.

두드려라, 열릴 것이다!

지서전 쓰기 강의가 끝난 후, 친구랑 지하철역으로 가는 길이었다.
"난 글이 잘 안 써져. 또 아주 짧게 써져"라고 하면서, 안젤라 대모님께 보낸 댓글을 보여주었다. 네덜란드 코이캔호프 정원 사진을 감상하면서 적은 댓글이다.
'아름다운 정원 즐감했어요. 나무와 숲과 물, 자연의 환상적인 조화로군요. 바람소리, 물소리, 따사로운 햇볕, 그곳을 걷는 사람들의 속삭임. 이런 것들이 보이는 듯, 들리는 듯하네요. 인간의 노력으로 이루어진 자연의 아름다움에 감탄을 금할 수가 없네요. 혼자보다는 여럿이 어울림이 더 아름다움을, 자연과 인간의 조화와 위대함을 느낍니다. 항상, 행

복하세요.'

친구가 보더니 "깔끔하게 썼네"라고 하였다.

"그래. 댓글은 비교적 잘 써지는데, 글쓰기 수업에서 쓰는 글은 잘 안 돼."

"하긴 말하는 것과 글 쓰는 것은 다르긴 해."

"신부님의 강론이 너무 감동적이어서, 그분의 책을 샀는데 그만큼 감동이 안 와. 말씀은 직접 보고, 듣고, 느껴져서 마음에 쉽게 와닿아 그런가?"

"같은 사람이라도, 말솜씨와 글솜씨가 다르기도 해."

"그러면 지금 이야기하듯이 글을 써봐."

"짧은 것은 기억이 안 나서 그럴 수도 있으니, 지금 이야기한 일을 써봐."

"그래, 잊어버리기 전에 오늘 쓰는 거야!"

며칠 전, 일요일에 옷을 고치러 갔다. 단골 수선 집에 갔더니 문이 닫혀 있었다. 다른 수선 집으로 갔다. 문은 열려 있었고, 문 안 왼쪽에 재봉틀을 놓고 아주머니가 앉아 계셨다. 그 집은 깨끗해서 우선 좋았다. 그 전 집은 복잡하고 어수선했다. 가게 밖에는 파는 옷들이 걸려 있었고, 안쪽에는 세탁된 옷들이 걸려 있었다. 한 켠에는 수선 옷과 세탁물들이 쌓여 있었다.

아주머니는 재봉틀을 마주 하고 계셨다. 요즈음 감기에 걸려 고생하고 있는데, 그 집에 들어섰더니 기침이 막 나왔다.

조끼 지퍼가 얼마냐고 물었더니, 오천 원이라고 했다. 가져온 파란색 조끼를 꺼냈다. 아주머니가 펼쳐 보더니 "이건 만 원"이라고 했다.

"단골 수선 집이 문이 닫혀 있어 이리로 왔어요."

조금 깎아볼 생각으로 말했다. 그러자 그 집으로 가라고 했다. 고개를 갸우뚱하면서, 그 집을 나왔다. (…)

집으로 돌아오다가, 다른 수선 집이 생각났다. 세 번째 수선 집으로 향했다. 지퍼 고치러 왔다면서, 조끼를 보여주었다.

'시장에서 이런 옷, 요즈음 만 원이면 사는데'라고 하더니, 지퍼를 보고 지퍼 뭉치를 가져와 고르기 시작했다. 마침내 맞는 지퍼를 찾아들고 '이천 원' 하는 것이었다.

"사실은 잠바 호주머니도 찢어졌는데, 입다가 버리려고 해요."

멋쩍어하면서 내가 말을 했다.

그러자 아주머니가 "잠바 색상도 좋은데, 한번 벗어보세요"라고 했다. 호주머니를 뒤집더니, 양쪽 호주머니를 '드르륵 드르륵' 박았다.

"분홍색 잠바가 아주 잘 맞으니, 그대로 입다가 다음에는 호주머니를 다시 다세요."

잠바를 걸치고, 조끼를 들었다. 사천 원을 주고 그 집을 나왔다. 잠바 호주머니가 조금 좁아지기는 했지만, 손수건이나 휴지 정도는 담을 수 있었다. 오는 길에 이런 생각이 들었다.

'인생의 길도 이런 것이 아닐까?'

첫 번째 문이 닫혔다고 포기하지 말고, 다시 시도해보아야 하는 것이리라. 두 번째 문을 두드렸으나, 여의치 않을 때 다시 다른 문을 두드려보라고.

'그러면 기회가 주어지고, 길이 생겨 해결되지 않을까? 나에게 맞는 길이 찾아지지 않을까?'

포기하지 말고 도전해보는 용기, 지혜를 다해 해결해보는 노력을 하면 답이 있을 것이다.

'두드려라, 그러면 열릴 것이다.'

글쓰기 재능을 타고 난 사람은 없습니다. 누구나 노력하면 좋은 글을 쓸 수 있습니다. 물론 특별히 감성이나 상상력이 뛰어난 사람은 있습니다. 하지만 그것만으로 좋은 글을 쓸 수 있는 건 아닙니다. 좋은 글은 결국 글을 쓰는 사람의 노력의 결과입니다. 어떤 목표까지 쓰고 고치고 쓰고 고치는 과정을 견딜 수 있는 끈기를 가졌는가, 그런 끈기가 있느냐 없느냐의 차이만 있을 뿐입니다.

A와 B 모두 글이 안 써져 고민했지만 마지막까지 글에 대해 고민했던 B는 나름대로 한계를 뛰어넘는 경험을 했습니다. 처음에는 A에게 더 가능성이 있는 것처럼 보였습니다. 하지만 결과적으로 중도에 포기한 A보다 B의 결과가 더 좋았습니다.

세상에 글만큼 정직한 것은 없습니다. 글은 그 사람을 훤히 다 보여줍니다. 생각이 얼마나 정교한지, 얼마나 정직한지, 얼마나 절실한

지 다 드러납니다. 글을 쓰는 과정에서 기억이나 생각이 정교해지기도, 깊어지기도 합니다. 누군가에게 말하면서 생각이 정리되는 것과 비슷한 이치입니다. 그때는 모르지만 시간이 지나면 명백히 보입니다. 기록의 힘이 여기에 있는 것인지도 모르겠습니다. 자전적 기록이 단순한 기록 이상의 가치가 있는 것도 이런 까닭입니다.

이야기를 완성하는
몇 가지 방법

장면 만들기 연습

＊

공을 던졌을 때, 공이 손에서 벗어나 땅에 떨어지기까지의 과정을 생각해보세요. 완만한 포물선이 머릿속에 그려지지요? 한 장면을 그 모양으로 완결해간다 생각하면 됩니다. 그 안에 지나간 시간을 기록해보세요.

앞서 말씀드린 대로 '글을 어떻게 효과적으로 전달할 것인가'라는 것이 글의 구성입니다. 똑같은 내용이라고 할지라도 어떤 방법을 사용하느냐에 따라 독자의 반응이나 효과는 다르게 나타납니다.

글쓰기를 전문적으로 하지 않는 사람들이 가장 쉽게 다가갈 수 있는 방법은 글을 장면 단위로 쓰는 연습입니다. 특히, 자전적 글쓰기는 지나가버린 정지된 시간을 기록하는 일입니다. 기억은 영상(시간의 흐름)이 아니라 정지된 화면(사진)의 형태로 남아 있는 경우가 대부분입니다. 따라서 한 장면을 쓰는 데 가장 기본이 되는 구성법이 포물선 모양입니다. 처음, 중간, 끝의 이야기를 이어가되 전체가 포물선 모양이 되게 만들면 됩니다.

공을 던졌을 때, 공이 손에서 벗어나 땅에 떨어지기까지의 과정을 상상해보십시오. 완만한 포물선이 머릿속에 그려질 것입니다. 한 사건을 혹은 한 장면을 그 모양으로 완결해가면 됩니다. 포물선의 왼쪽 끝 지점은 시작, 오른쪽 끝 지점은 끝부분입니다. 처음과 끝을 먼저 결정하면 중간은 채우기 쉽습니다. 처음과 끝보다 중간에 이야기가 풍성해야겠죠.

포물선 모양은 처음이 아주 작습니다. 가능하면 작은 이야기, 작은 소재로 시작하는 것이 좋습니다. 처음부터 크게 시작하면 뒷감당이 어렵습니다. 쓰고자 하는 장면에서 생각나는 작은 대화, 날씨, 물건 등으로 시작해서 점점 핵심 사건으로 들어가면 됩니다. 이야기를 조금씩 확대시키거나 처음 끌어들인 소재의 의미를 넓혀가면 됩니다. 그리고 가운데 부분에서 커지고 확대된 것은 마무리하는 것으로 끝냅니다.

이 포물선 구조는 우리 모두에게 익숙합니다. 기-승-전-결, 서론-본론-결론, 처음-중간-끝 등처럼 학교에서 배운 대부분의 글쓰기 구성 방법이 이 구조입니다. 사실 이런 구성은 그다지 매력적이지 않고, 자칫 재미없는 글이 되기 쉽습니다. 하지만 안정적이라는 장점이 있습니다. 많은 사람이 이 방법으로 이미 글을 쓰고 있습니다. 또, 익숙한 패턴이라 실패 위험이 적습니다. 무엇보다 익숙해지면 여러 가지로 변형할 수 있다는 장점도 있습니다.

양날 면도기와 거품 솔

① 욕실 장식장 문을 열었다. 거품 솔과 양날 면도기가 하나씩 있다. 그 옆으로 면도기 날이 몇 개 쌓여 있고, 최신 플라스틱 날 면도기가 2개, 일회용 면도기 몇 개가 더 있다.

거품 솔을 꺼냈다. 아랫부분은 상아색이고, 윗부분은 색 바랜 녹색이다. 길이가 5cm쯤 되는 솔은 거칠고 군데군데 털이 빠져 조금 엉성하다. 솔을 꺼내 비누를 문질러 거품을 낸다. 춤추듯 거품이 일어난다. 이마에서 얼굴, 턱까지 빈틈없이 솔질을 한다. 면도기를 들었다. 얼굴이 만질만질해질 때까지 여러 번 면도를 한다. 면도를 끝낸 얼굴을 만져본다. 기분이 좋아졌다. 수건으로 얼굴을 닦고 스킨을 바른다. 맑은 액체가 금방 깎은 모공으로 스며든다. 쓰린 듯 얼굴이 알싸해온다.

② 남자들은 아침마다 면도를 한다. 사용하기 편해서 전기 면도기를 사용하는 사람도 많지만, 나는 칼날 면도기만 사용한다. "아침에 거울 앞에서 칼날 면도기로 면도할 때마다 새삼스레 남자라는 사실에 자부심을 느낀다." 내가 칼날 면도기를 고집하는 개똥(?) 같은 이유다. 여자들은 절대로 느낄 수 없는 남자만의 행복이다.

③ 어릴 적 아버지는 가끔, 아주 가끔 면도를 하셨다. 대개 오일장에 가시거나, 잔칫집에 가시거나, 명절날이나 제삿날이었다. 아버지의 면도

하는 모습은 하나의 의식(儀式)이었다. 그 의식은 늘 햇살이 집안으로 슬며시 내려앉는 아침나절에 마루에서 거행되었다. 나는 면도할 준비를 하시는 아버지 등 뒤 거울이 잘 보이는 곳에 자리를 잡았다.

먼저, 가로 한 뼘 반, 세로 세 뼘쯤 되는 거울(아버지는 면경이라고 하셨다)을 얼굴이 잘 보이는 각도로 벽에 기대어 세우셨다. 거품 솔, 비누가 담긴 비누 곽, 작은 물 그릇과 마른 수건을 거울 앞에 가지런히 놓으셨다. 그다음엔 양날 면도기에 새 면도날을 끼우셨다. 거품 솔로 비누를 문지르면 거품이 폴폴 일어났다. 솔을 잡고 움푹 들어간 양 볼, 코 밑, 입 주변, 턱 순으로 거품 칠을 하셨다. 얼굴부터 면도를 하셨다. 천천히! 조심 조심! 집안은 고요하다. 아버지 곁에 얼쩡거리는 사람도, 소리를 내는 사람도 없다. 거울을 보며 면도하시는 아버지의 모습은 진지하고 엄숙했다. 뒤에서 지켜보는 내 호흡은 어느 틈엔가 멎었다. 그 고요의 시간은 제법 길었다. 면도기를 내려놓고 그릇에 있는 물에 손을 적셔 금방 면도한 부분을 살살 문지르면서 확인하셨다. 다시 면도기를 드시고 면도를 하셨다. 이 작업은 두어 번 반복되었다. 몇 번 얼굴과 턱을 쓰다듬어 보시곤 흡족한 얼굴로 거울에 비친 얼굴 구석구석을 살피셨다. 그제야 수건으로 톡, 톡, 톡, 얼굴을 닦으셨다. 아버지의 면도가 끝났다.

④ 아버지는 무학(無學)이셨다. 그 시절 내 아버지만 그런 것이 아니었다. 초등학교를 졸업한 아버지가 요즘 대학 졸업한 아버지보다 더 귀할

때였다. 그래도 아버지는 한글을 깨우치셔서 《심청전》, 《임진록》 같은 소설 책도 읽으셨고, 한글도 제법 쓰셨다. 영어를 배운 적은 당연히 없으셨다. 그 아버지가 의정부에 있는 미군 부대에서 카투사로 근무하셨다. 중학교 때였다. 문득 아버지의 영어가 궁금했다. "영어를 모르는데 어떻게 미군 부대에 가셨어요?" "아버지처럼 키 크고 잘생긴 사람은 뽑혀서 미군 부대에 갔어." 지금까지 난 아버지의 그 말씀을 한 번도 의심한 적이 없다. 단 한 번도!

⑤ 양날 면도기와 거품 솔은 카투사로 근무할 때 보급품으로 받으셨다고 했다. 70년 전의 일이다. 거품 솔 손잡이에 'SET IN RUBBER, STERILIZED, MADE IN USA'라고 적혀 있다. 아버지는 그 면도기와 거품 솔을 귀하게 보관하셨다. 비닐봉지에 싸서 가족들 손이 닿지 않는 높은 선반 위에 두셨다. 내가 아는 한 그 면도기와 거품 솔은 아버지의 몇 안 되는 소지품 중에서 가장 귀한 물건이었다.

⑥ 면도기는 1999년 간암으로 돌아가신 아버지께서 물려주셨다. 아니 내가 달라고 졸랐다.
내 아버지의 유품이다. 스스로 아버지답지 못해 부끄러워질 때면 나는 그 양날 면도기로 면도를 한다.

글은 크게 이렇게 나눌 수 있습니다. ① 장식장 안 면도기, ② 남자

에게 면도기의 의미, ③ 아버지의 면도 시간, ④ 아버지의 삶, ⑤ 아버지의 면도기, ⑥ 아버지의 유품.

아버지의 유품으로 남겨진 면도기를 끌어들여 아버지의 삶에 대해 얘기합니다. 글을 장식장 안에 놓여 있는 면도기에서 시작했습니다. 이 면도기에 어떤 사연이 있는지 독자는 아직 모릅니다. ②에서 남자에게 '면도'라는 게 어떤 의미인지를 말합니다. '여자들은 절대 느낄 수 없는 행복감'이라고까지 표현하며 면도를 하는 행위를 특별한 의식처럼 간주합니다. 이 문단은 아버지-아들로 이어지는 것을 면도라는 행위 하나로 묶어주는 역할을 합니다.

③에 와서야 비로소 아버지 이야기가 나옵니다. 일관성 있게 아버지에게는 면도하는 시간이 의식에 가까웠다고 묘사하고 있습니다. 면도하는 과정을 세세하게 보여줌으로써 독자를 설득시켜 공감대를 형성합니다. 그리고 ④에서 자연스럽게 아버지의 삶에 대해 짧게 언급합니다. 독자는 이미 ③의 아버지의 행동에서 어떤 '아버지'였는지 상상하고 짐작하고 있습니다. ③과 ④의 이미지가 ⑤에 와서 정리됩니다. 글 처음에 등장했던, 장식장 안의 면도기의 정체가 밝혀지면서 그것이 삶에 어떻게 투영되어 있는지 알게 해줍니다.

글은 전형적인 포물선 구조로 이루어져 있습니다. 작은 이야기가 조금씩 커져서 하이라이트에 이르고 서서히 매듭지어집니다. 이 글은 여러 가지 매력이 있습니다. 무엇보다 작은 소재인 '장식장 안의 면도기'에서 시작해서 아버지와 나의 삶으로 의미를 확장한 솜씨가 훌륭합니다. 그 연결점을 단단히 하기 위해 '남자에게 면도의 의미' '아버지의 삶'을 넣었습니다. 포물선을 처음, 중간, 끝의 분절된 단위로 보지 않고, 처음과 중간, 중간과 끝을 단단히 결합해줄 내용으로 채웠기 때문에 글 전체가 하나의 유기체 같은 느낌도 줍니다.

한 장면을 떠올리고 이것을 포물선 형태의 구조로 쓰는 글에서 핵심은 장면에 집중해야 한다는 점입니다. 장면에 집중하면 결코 큰 얘기를 하지 않게 되고 따라서 이야기가 허황되지 않습니다. 우리가 자서전을 쓸 때 가장 쉽게 범하는 실수 가운데 하나는 자꾸만 큰 이야기를 하려는 점입니다. 주제를 앞세우고, 윤리나 법이나 국가를 앞세웁니다. 자전적 글쓰기는 사소한 얘기들을 해야 한다는 것을 잊지 마십시오. 손바닥 자서전이란 원고 길이가 짧다는 뜻이기도 하지만 작은 이야기의 의미도 갖습니다. 자꾸 이야기를 좁히고 주제를 작게 하는 것이 더 좋은 글을 쓰는 지름길입니다.

2
섹션 카드
만들기

*

우리는 중국 변검술사 가면보다 많은 가면을 드러내며 혹은 숨기며
살고 있습니다. 변검술사만 가면으로 얼굴을 바꿀 수 있는 것이 아닙
니다. 우리 스스로 색 카드를 이용해서 변검술사가 되어봅시다.

중국 여행을 가면 한번쯤 '변검'을 구경하게 됩니다. 변검은 중국
쓰촨성 지방의 전통극으로 일종의 가면술입니다. 변검술사는 화려한
가면을 쓰고 손에는 커다란 부채를 하나 들고 무대 위에 나타납니다.
이리저리 걷다가 부채가 한 바탕 휘둘리는 듯해서 보면 어느새 가면
은 새로운 가면으로 바뀌어 있습니다. 바로 앞에서 눈을 부릅뜨고 봐
도 어느 순간에 가면이 바뀌었는지 알기 어렵습니다. 변검술사는 몇
걸음 또 걷다가 다시 부채를 휘두릅니다. 역시 가면이 바뀌어 있습니
다. 부채를 휘두르는 순간에 가면이 바뀌었다는 것을 알지만 어떻게
그렇게 재빨리 가면을 바꿀 수 있는지 신기하기만 합니다. 이쯤 되면

사람들은 눈을 더 크게 뜨고 가면이 바뀌는 순간을 포착하려고 합니다. 분명 손이 얼굴 가까이 가지도 않았는데 가면이 바뀌는 것이 신기할 따름입니다. 아무리 주의를 기울이고, 바로 코앞에서 쳐다봐도 변검술사의 비밀을 알기 어렵습니다.

신기하기도 하지만 얼마나 훈련을 하면 저런 경지에 이를까 그 노력을 가늠해보기도 합니다. 하지만 생각해보면 우린 다 변검술사로 살아가고 있습니다. 하루에도 수없이 많은 가면을 바꿔가며 살고 있죠. 공간이 바뀔 때도 가면을 바꿔 쓰고, 만나는 사람이 바뀌면 자연스럽게 가면이 바뀝니다. 날씨에 따라서도, 그날 기분에 따라서도 표정이 바뀌고 사람을 대하는 모습이 다릅니다. 그 다양한 가면이 바로 우리 안에 있습니다. 중국의 변검술사들 가면보다 더 많은 가면을 숨기고 드러내며 살고 있습니다. 우리는 수백 개의 얼굴로 살아갑니다.

이제 가면들을 꺼내보겠습니다. 색도화지를 메모지 크기로 잘라서 가까운 사람을 떠올리며 나눠봅시다. 글이 좀 길어질 것 같으면 A4 색지를 그대로 사용해도 좋습니다(이것은 프린터로 바로 뽑을 수 있는 장점이 있습니다). 유독 할 말이 많다면 색도화지를 좀 넉넉하게 준비합니다.

자, 이제 색종이 색깔별로 분류해봅시다. 가장 좋아하는 사람은 빨강, 다홍, 주홍, 노랑, 연두, 녹색, 짙은 녹색 등등으로! 한 카드에 한 사람의 이름을 써봅시다. 별명을 써도 좋고, 자신만 아는 부호를 사용해도 좋습니다. 다만, 빨강에는 가장 사랑하는 사람의 이름을 적습니다. 그다음 친밀한 사람은 다홍색 카드에, 그다음 친한 사람은 주홍색 카드에. 이렇게 적다 보면 짙은 녹색 카드에 이르면 미운 사람 이름을 적을 수밖에 없습니다. 처음에는 일단 이름이나 별명을 적어놓고 집게로 한데 모아둡니다. 어떤 카드 색깔이 많은가만 봐도 마음속에 사랑하는 사람이 많은지 아니면 미워하는 사람이 많은지 알 수 있습니다. 일주일 정도 매일 카드를 꺼내서 색깔과 이름들을 확인하면서 조금씩 메모를 해봅시다. 좋아하는지 미워하는지 알쏭달쏭한 사람이 있다면 두 가지 색으로 좋아하는 것과 미워하는 것을 기록하면 됩니다.

이 카드들은 생각날 때마다 꺼내서 기록하면 됩니다. 편지 형식이어도 좋고, 일기 형식이어도 좋습니다. 한두 줄 메모라도 좋고, 긴 글이라도 상관없습니다. 이미지나 그림을 그려도 됩니다. 대상에 따라 다른 색도화지를 사용하면 누구에게 하고 싶은 말이 많았는지 금방 알 수 있습니다. 또는 어떤 사람에게 더 많은 말을 해야 할지 알기 쉽습니다.

처음에는 빨강 카드에 이름을 썼는데 구체적인 일을 기록하다 보면 조금씩 미운 마음이 들 수도 있습니다. 그럴 땐 잠정적으로 색을 정하고 메모를 해놓으면 됩니다. 정반대로 짙은 녹색에 이름이 있었던 사람에 대해 쓰다가 마음이 스르르 풀릴 수도 있습니다. 이때도 녹색이나 노랑이라고 메모를 해두면 됩니다.

변검술사만 가면으로 얼굴을 바꿀 수 있는 것이 아닙니다. 우리 스스로 색 카드를 이용해서 변검술사가 되어봅시다. A라는 사람을 대할 때 나는 어떤 사람이었는지, B와의 관계에서는 어떤 사람이었는지 좀 더 확연히 알 수 있습니다. 우리는 어쩔 수 없이 가면을 바꿔가며 될 수 있으면 그 가면을 바꾸는 것을 들키지 않으려고 노력하며 살고 있습니다. 우리의 마음도, 우리의 기억도 때때로 변하기 마련입니다. 이 섹션 카드를 통해서 '변검술사' 같은 자신을 지켜볼 수 있습니다. 어떤 사람을 미워하거나 증오하는 이유를 기록하다 보면 자기의 감정을 좀 더 객관화할 수 있습니다. 최소한 좋은 감정도, 나쁜 감정도 정리해볼 수 있습니다. 바빠서 제대로 꺼내보지 못하고 살아왔던 주변 사람들에 대한 감정을 한번쯤 정리하기 좋은 방법입니다.

이렇게 정리해놓으면 카드가 기억을 물고 와서 지나온 일을 더 많이 기록할 수 있습니다. 대충 묻고 지나왔던 사람들에 대한 감정을 조금이라도 정리할 수 있습니다. 기록한 것을 모두 글로 쓰지 않아도 됩니다. 섹션 카드에 정리해보는 것만으로도 치유 효과가 있습니다.

섹션 카드를 '장면 쓰기'에도 응용할 수 있습니다. 슬픔, 우울, 불안, 후회 등과 같은 부정적인 감정의 사건을 파란색 카드에 기록합니다. 기쁨, 희망, 즐거움, 평화 등과 같은 긍정적 사건은 빨간 계통의 카드에 기록합니다. 섹션 카드 한 장이 한 장면이라고 생각하면 됩니다. 장면에 따라 더 많은 카드가 필요할지도 모릅니다. 각각의 카드에 장면의 내용을 구체적으로 메모합니다. 처음부터 다 채우지 않아도 괜찮습니다. 생각나는 대로, 인용하고 싶은 글이 보이는 대로 섹션 카드에 기록합니다. 어느 정도 구체화된 카드가 있다면 그 장면을 글로 쓰면 됩니다. 쓰다가 막히면 막힌 부분에 메모를 덧붙여서 구체화시켜 다시 쓰면 됩니다.

섹션 카드는 장편소설 같은 긴 글을 쓸 때 유용한 방법입니다. 이야기의 고·저를 카드 색깔로 배치한 다음 전체 구성을 짤 수도 있습니다. 아무리 위대한 작가라고 해도 쓰고자 하는 내용을 처음부터 끝까지 써내려가기 어렵기 때문에 전체를 보는 방법이 필요합니다.

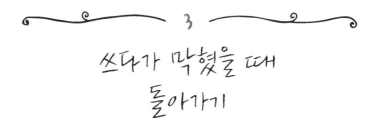

3
쓰다가 막혔을 때
돌아가기

*

쓰다가 막히면 구체적인 질문을 해보세요. 구체적 질문은 구체적 기억을 가져다줍니다. 시간과 공간을 좁혀가며 질문을 해보세요. 표현이 구체적일 때 삶의 진실이 더 잘 드러납니다.

얼마 전, 대학생 스토리텔링 경진대회 멘토링에 참가한 적이 있습니다. 전체 14개 팀은 각각 세 명씩 구성되고 스토리텔링 분야와 UCC 분야로 나뉘어 대회가 열렸습니다. 스토리텔링 분야의 발표 주제는 '서촌의 인물'이었고, UCC 분야는 '서울, 처음이지?'였습니다. 각 팀은 서울 남산과 서촌을 돌아다니고 리서치도 하면서 경진대회를 준비합니다. 그런 준비 과정을 통해 어떤 소재로 어떻게 이야기를 풀어가야 할지 전체 틀이 정해졌을 무렵 멘토링을 받습니다.

나름 리서치도 성실하게 했고, 아이디어도 기발하고, 컴퓨터 프로그램을 다루는 솜씨도 탁월했습니다. 하지만 거의 모든 팀이 소재보다는 주제를 좇아서 뜬구름 잡는 식으로만 자기 팀의 계획을 말했습니다. '관광 한국의 위상' '서촌 공간의 특징' '조선 후기 중인 문학의 위상' '남산 한옥마을 체험프로그램 탐구' 등처럼 말이지요. 그날 가장 많이 했던 조언은 '범위를 더 좁혀라'였습니다.

스토리텔링에서 서촌의 인물이라면 특정한 사람으로 한정해서 리서치를 하고, 거기에 상상력을 더하면 됩니다. '이상(李箱)'에 대한 것이라면 서촌에서의 이상의 삶을 가장 잘 드러낼 수 있는 어느 하루를 시간적 배경으로 하고 서촌의 특정한 장소에서 일어난 사건으로 한정해서 스토리텔링을 전개하면 새로운 시각이 나왔을 것입니다. 물론 시간과 공간을 축소하면 '사실'보다는 '상상'에 기대야 합니다. '상상'의 세계가 진실로 다가갈 수 있는 곳이라면 기꺼이 상상으로 나아가는 것이 좋습니다. 어쩌면 글쓰기의 묘미는 사실에서 벗어나기 시작한 상상의 영역에 있는 것인지도 모릅니다.

우리는 글쓰기 과정을 배울 때 가장 먼저 주제를 설정한다고 배웠습니다. 주제가 중요합니다. 하지만 쓰는 사람이 주제를 지나치게 의식하면 누구를 가르치는 글이 되거나 아니면 추상적인 언어들만 나열하다가 끝나는 경우가 많습니다. 글을 쓸 때 주제부터 접근하는 것은 대가가 아니라면 위험천만한 방법입니다.

그렇다면 쓰다가 막히면 어떻게 해야 할까요? 쓰다가 막힌 것은 글을 시작할 때 선명한 이미지나 구체적인 장소를 설정하지 않은 경우가 대부분입니다. 따라서 쓰다가 막히면 질문을 좀 더 세밀하게 할 필요가 있습니다. 몇 단계의 질문만 파고 들어가도 됩니다. 서촌의 인물을 '이상'으로 설정했다고 가정해봅시다.

'이상'이 서촌에 살았던 것은 그가 스물셋까지였습니다. 세 살부터 살았던 서촌의 집은 사실 백부의 집이었습니다. 이상은 어렸을 때부터 가족과 떨어져 지냈습니다. 스물여덟에 생을 마감한 이상의 삶에서 거의 대부분을 보낸 공간이라고 해도 과언이 아닙니다. 사랑에 대한 얘기를 한다면 이상-변동림의 만남을 설정할 수도 있습니다. 이때, 그 둘의 만남에 이상의 시를 삽입할 수도 있습니다. 그의 시 〈오감도〉에 나오는 골목이 서촌의 골목에서 힌트를 얻었다는 설도 있으니까요. 자, 그럼 '이상'의 이야기를 1928년 10월 10일 오후, 서촌 이상의 집, 바로 앞에는 작은 골목이 이어져 있고, 해가 저물 무렵. 이렇게 설정할 수 있습니다. 필요하다면 이상이나 변동림의 옷차림도 묘사할 수 있습니다. 시대와 계절과 시간이 정해졌기 때문에 가능한 일이지요. 스토리는 필요한 대로 마음껏 상상해서 쓰면 됩니다.

무조건 좀 더 작고, 좀 더 좁은 것을 얘기해야 합니다. 그래야 글에 깊이가 생길 여지가 있습니다. 사람이 넓이와 크기에 압도되는 것은 자연 풍광 정도겠죠. 글의 넓이와 크기에 사람들이 감동하지 않습니다. 대하소설은 넓고 크지 않느냐고요? 좋은 대하소설을 읽어보면 정말 작은 이야기들입니다. 작은 것들이 모여 점점 길어졌을 뿐이지요.

누군가의 마음을 사고 싶습니까? 그렇다면 그 사람이 좋아하는 작은 것을 찾으십시오. 작은 것에 진실이 있습니다. 글을 쓰다가 번번이 막히나요? 그렇다면 더 구체적인 질문을 스스로에게 하는 것이 좋습니다. 구체적 질문은 분명히 구체적 기억을 불러올 것입니다. 그래도 아무것도 떠오르지 않는다면 더 작은 질문을 만들면 됩니다. '그 당시 이상은 누구랑 교류하고 있었을까?' '이상의 관심사는 뭐가 있을까?' '그것에 관심을 둔 이유는 뭘까?' '건축가 이상은 어떤 모습이었을까?' '이상에게 서촌의 골목은 어떤 의미였을까?' 등 얼마든지 질문을 만들 수 있습니다.

구체적이라는 것은 공간과 시간 모두에 해당하는 말입니다. 사물에 대해서도, 생각에 대해서도 마찬가지입니다. 가장 쉬운 방법은 모든 사물을 일반 명사로 표현하지 않고 세부적으로 쓰는 것입니다. 예컨대 자동차라고 하지 말고 현대소나타라고 쓰고, 막연히 나무라고 쓰지 말고 은행나무라고 써야 합니다. 필요하다면 2005년식 현대소나타, 경복궁 앞 은행나무라고 써야 합니다.

표현이 구체적일 때 당신이 말하고자 하는 삶의 진실이 더 잘 드러납니다.

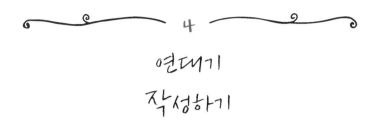

4

연대기
작성하기

＊

역사 책 뒷부분에 실린 연대기처럼 '내 삶의 연대기'를 작성해보세
요. 임의로 시기를 나누고, 항목을 만듭니다. 이야기 씨앗 키우기에
서 미처 발견하지 못한 구슬이 분명 있습니다. 자전적 글쓰기에서 중
요한 것은 이야기의 단서를 찾는 일입니다.

이제 제법 써놓은 원고 양이 늘었을 것입니다. 이쯤에서 연대기를
작성해보는 것이 많은 도움이 됩니다. 자신이 살아온 과정을 시간대
별로 일목요연하게 정리해본다는 의미 말고 새로운 방향으로 글을
쓰는 계기가 될 것입니다. 역사 책 뒷부분에 있었던 연대기처럼 항목
을 나눠도 좋습니다. 학교생활, 사회생활, 종교생활, 가족, 친구 등.
이런 과정에서 미처 생각하지 못했던 에피소드가 분명 떠오릅니다.
숨어 있던 보석 같은 기억을 연대기를 작성하면서 발견할지도 모릅
니다. 변곡점 쓰기 같은 이야기 씨앗 키우기에서 빠진 중요한 사건이
있을 것입니다. 이미지를 넣어서 만들어도 좋습니다. 한 번 잘 정리

해둔 연대기는 자전적 글쓰기에서만 아니라 다른 곳에도 활용할 수 있습니다. 혹은 여러 사람 앞에서 자신을 소개할 일이 있으면 연대기를 PPT자료에 끼워넣으면 한눈에 그 사람의 일생을 볼 수 있어서 인상적인 발표를 할 수 있습니다.

연대기는 '현재에서 과거'로 작성하는 것이 효과적입니다. 시간을 임의로 나누고 시작하면 편합니다. 다 작성한 후 임의로 나눈 시기는 조정할 수 있습니다. 좌에서 우로, 혹은 위에서 아래로 순서를 정해서 사실과 결과 위주로 간략하게 정리합니다.

제 고등학교 선생님 중 한 분은 해마다 연말이 되면 그해의 10대 사건을 기록하셨습니다. 연말이 되면 각 신문이나 방송에서 '2017년 대한민국 10대 뉴스' 이런 제목으로 기사를 내보냅니다. 가끔 10년 전에 있었던 그해의 10대 뉴스를 보면 그 당시 사회 흐름을 알 수 있습니다. 그것을 이용해서 개인의 역사도 연말에 정리하는 것이지요. 과거의 일은 자전적 기억에 의존해서 연대기에 채우고, 이제부터는 연말에 '누구누구의 10대 뉴스'라는 제목으로 그해의 주요한 일을 기록해보는 건 어떤가요? 10년 후에 그 기록을 들춰볼 수도 있고, 각각의 사건은 하나의 글감이 될 것입니다.

다음은 62세 여자의 지난 해 10대 뉴스입니다.

1. 첫째 손주 영은이가 태어남
2. 고등학교 동창들과 함께 간 일본 벳부 여행

3. 고향 친구 정은의 죽음

4. 도서관에서 일본어 공부 시작

5. 일주일 동안의 템플스테이

6. 취미로 시작한 수채화반 회원들과의 전시회

7. 어머니가 치매 판정을 받은 일

8. 둘째 아들이 여자 친구를 집에 데려와 인사시킴

9. 둘째 아들의 이직(移職)

10. 대상포진에 걸렸던 한 달

이렇게 정리해놓고 보면 이 열 가지 사건만 기록해도 많은 이야기를 할 수 있을 것 같지 않습니까? '고교 동창들과 갔던 여행'이나 '고향 친구의 죽음'은 과거의 이야기와 자연스럽게 연결되겠죠. '템플스테이에서 경험하고 느낀 것'을 계기로 삶을 한번쯤 정리하는 글을 쓸 수도 있습니다. '대상포진에 걸린 일'은 가족의 의미나 사랑에 대해 쓸 수도 있고, 또는 다른 방향으로 아무리 가까운 가족이라고 해도 결국엔 혼자 겪을 수밖에 없는 인간의 숙명 같은 것을 얘기할 수도 있습니다. 짧지만 기록하는 것이 중요합니다. 이런 단서가 있다면 글은 반쯤 쓴 것이나 다름없습니다.

5
다시
질문하기

*

지금까지 장면들에 충실했다면 이제는 각 장면들의 깊이를 더해야
합니다. 샘물은 퍼낼수록 더 많은 물이 솟아납니다. 우리 스스로
알지 못한 기억이 어느새 떠오를지도 모릅니다. 다시, 질문을 해보
세요.

밖에 바람이 많이 붑니다. 바람이 부는 날에 생각나는 것이 있나
요? '바람'하면 생각나는 시가 있습니까? 아, 가요의 가사가 생각난
다고요? 이런 시는 어떻습니까? 바람이 부는 날, 가끔 이 시가 생각
납니다. 폴 발레리의 시 〈해변의 묘지〉입니다.

비둘기들 노니는 저 고요한 지붕은
철썩인다. 소나무들 사이에서, 무덤들 사이에서.
공정한 정오는 여기에서 불길로 바다를 짠다.
언제나 되살아나는 바다를!

신들의 정적에 오랜 시선을 보냄은

오, 사유 다음에 찾아드는 보상이여!

섬세한 섬광은 얼마나 순수한 솜씨로 다듬어내는가

지각할 길 없는 거품의 무수한 금강석을,

그리고 이 무슨 평화가 수태되려는 듯이 보이는가!

심연 위에서 태양이 쉴 때,

영원한 원인이 낳은 순수한 작품들,

시간은 반짝이고 꿈은 지식이다.

견실한 보고, 미네르바의 단순한 사원,

고요의 덩어리, 눈에 보이는 저장고,

솟구쳐 오르는 물, 불꽃의 베일 아래

그 많은 잠을 네 속에 간직한 눈,

오 나의 침묵이여!⋯ 영혼 속의 건축,

허나 수천의 기와 물결치는 황금 꼭대기, 지붕이여!

(⋯)

바람이 분다⋯ 살아야겠다!

거대한 대기는 내 책을 펼쳤다 또 다시 닫는다.

가루가 된 파도는 바위로부터 굳세게 뛰쳐나온다.

날아가라, 온통 눈부신 책장들이여!
부숴라, 파도여! 뛰노는 물살로 부숴버려라
돛단배들이 먹이를 찾아다니는 이 잠잠한 지붕을!

—폴 발레리, 〈해변의 묘지〉

'바람이 분다. 살아야겠다'는 부분이 유명해서 여기저기 인용되기도 합니다. 미야자키 하야오의 애니메이션 〈바람이 분다〉의 제목이기도 하지요. 이 말은 영화 안에서도 몇 번 반복되어 나옵니다. 흔히 '바람'은 고통이나 시련의 상징처럼 쓰입니다. 이것을 시련이라고 생각하면 시련이고 좀 바람직하게 자극이라고 해석하면 자극이 됩니다. 오늘처럼 바람이 심하게 부는 날이면 혼자 중얼거립니다. '바람이 분다. 살아야겠다'라고.

여러분의 삶은 어떤 시련을 겪었습니까? 가장 힘들었던 시간을 얘기해보겠습니다. 이 말을 들었을 때 가장 먼저 떠오르는 일을 쓰면 됩니다. 여러 가지가 생각나면 우선 가장 쓰고 싶은 거 하나만 쓰십시오. 다른 걸 쓸 기회는 아직 충분합니다.

자전적 글쓰기는 단순한 사건의 기록이 아닙니다. 한 편의 영화가 사건과 사건의 연속이지만 그것들을 통해 분명 뭔가 말하고자 하는 것이 있듯이 말입니다. 지금까지 장면들에 충실했다면 이 지점에서 각 장면들의 깊이를 더할 필요가 있습니다. 중요한 장면부터 시작해서 그 장면에 깊이 들어가보겠습니다. 글쓰기에 몰입한다면 기억의 한계 너머 무의식에 다가갈 수도 있습니다. "그때 일을 쓰려니까 자꾸 눈물이 나요"라고 말씀하시는 걸 종종 듣습니다. 다시 들여다보기 힘든 일을 어느 날엔 용기 있게 들여다보고 글로 써보십시오. 애써 감춰뒀던 기억을 꺼내놓고 마주하십시오.

바람이 불 때 한번쯤 들여다봐야 할 상처일지도 모릅니다. 바람 부는 날, 삶의 이면을 써보는 것도 좋습니다.

6

이야기를 완성하는
또 다른 방법

*

이야기를 전달하는 데는 여러 방법이 있습니다. 지금까지 진행된 이야기의 전달 방법은 그것들 중 하나에 불과합니다. 이미 사람들은 다양한 방법으로 이야기를 전달하고 있으니, 이 중 효과적인 방법을 선택하여 자신의 이야기를 하면 됩니다. 여기 제시된 방법들 이외에도 이야기를 전달하는 방법은 얼마든지 있습니다.

1. 인생의 변곡점과 이야기 씨앗

이 책에서 제시하는 자서전 쓰기 방법은 인생의 변곡점을 중심으로 지나온 삶을 엮어가고 있습니다. 이야기의 씨앗을 찾아서 그 씨앗들을 키워가는 방법입니다. 이 방법의 장점은 쉽게 자서전 쓰기에 접근할 수 있다는 것입니다. 삶에서 지울 수 없는, 너무도 선명하게 각인되어 있는 이야기는 누구나 한번쯤 터놓고 얘기하고 싶은 소재입니다. 기회만 된다면 말이죠. 그런 사건을 겪은 지점을 우리는 '변곡점'이라고 말하며 거기서부터 글을 썼습니다. 인생 초반부의 변곡점,

중반부의 변곡점, 후반부의 변곡점으로 확대해나가고 있습니다.

이 방법은 삶의 주요한 시간을 놓치지 않고 기록할 수 있고 읽는 사람에게 흥미를 줍니다. 많은 자서전이 인생의 변곡점을 중심으로 시작한다는 사실이 이를 잘 반영하고 있습니다.

2. 연대기로 쓰기

대체로 시간의 흐름에 따라 이야기를 풀어가는 방법입니다. 어린 시절, 청소년기, 청년기, 장년기, 노년기 같은 생애주기를 따라가며 글을 쓰는 방법이지요. 이 방법으로 글을 쓰려면 앞서 말씀드린 '연대기 작성하기'를 먼저 하고 시작하는 것이 좋습니다. 최초의 기억부터 메모하고 그다음 기억으로, 또 그다음 기억으로 넘어가는 것이지요. 이렇게 연대순으로 적어가다 보면 이야기가 자연스럽게 흘러갑니다. 기억도 꼬리에 꼬리를 물기 때문에 자연스럽게 이어집니다. 하지만 이 방법으로 글을 써가면 우리가 겪은 경험의 무겁고 가벼움을 조정하기 어렵습니다. 또 우리의 기억이 시간의 순서대로 정리되어 있지 않기 때문에, 또한 기억을 순서대로 가져올 수도 없습니다. 그래서 어느 순간에 짜맞출 수 없어서 뒤죽박죽될 수 있습니다. 만약 그동안 다이어리를 잘 정리해뒀거나 일기를 써놨다면 일정 기간이라도 이 방법을 사용할 수 있을 것입니다.

3. 특정한 소재나 주제를 중심으로 쓰기

어떤 한 가지에 대한 지식이 해박하거나 취미가 있다면 이 방법도 자신의 개성을 표현하기에 좋습니다.

수강생 중에 화초 기르기를 좋아하는 분이 계셨습니다. 어쩌다 꽃 이야기만 나오면 얼굴이 환해지며 말씀이 많아졌습니다. 그래서 각각의 꽃의 특성을 설명하면서 자연스럽게 인생의 어떤 사건, 사람과 연결하는 글쓰기를 제안했습니다. 산을 좋아해서 등산을 자주 하는 사람이라면 특정한 산에 오르며 보고, 듣고, 느낀 점을 기록하면서 다른 에피소드와 연결할 수도 있습니다.

무라카미 류의 《달콤한 악마가 내 안으로 들어왔다》라는 책은 음식과 그 음식과 연결된 여자 이야기로 채워져 있습니다. 음식과 여자를 연결시킨 것이 극단적이고 억지스럽지만 그 발상만은 흥미롭습니다. 도서관에서 우연히 이 책을 발견하고 그 자리에서 다 읽었는데, 각 장의 부제로 붙은 음식이 대부분 생소했기 때문입니다. 오리 간을 캐비지에 싸서 먹는 프랑스 요리 오리 푸아, 전어로 만든 생선초밥 싱코, 양의 뇌를 거의 날것으로 넣어 만든 인도 델리의 양 뇌 카레, 나사조개 같은 조개의 조갯살로 만든 웨루크 등등 글의 제목 아래 쓰인 음식 이름을 보면 도대체 이 음식은 어떤 이야기와 연결시켰을까 궁금해서 읽지 않을 수 없습니다. 음식을 먹는 과정에서 느낀 것을 얼마나 생생하게 표현해놓았는지 글 속에 빠져듭니다. 음식과 이야기뿐만 아니라 글 속에 숨어 있는 인간의 미묘한 감정, 세상을 지배하는 보이지 않는 질서, 이런 질서에 대한 저항, 조롱, 작가의 예술관 등을 찾아보는 것도 재미있었습니다. 무라카미 류가 미식가라고 알려져 있지만 그가 책 속에 등장하는 음식을 모두 먹어봤는지는 잘 모르겠습니다. 하지만 음식에 대해 꽤나 흥미가 있는 것만은 틀림없는 것 같습니다. 잘 알고 있는 것, 평소에 흥미가 있는 것과 자신의 이야기를 연결시키는 것은 발상도 좋지만 글을 읽는 사람의 호기심을 자극하기에도 충분합니다. 이야기와 연결시킬 소재가 낯선 것이라면 효과가 더 좋을 듯합니다.

이 방법은 자기가 가장 잘 알고, 좋아하는 것을 글로 쓰기 때문에 하고 싶은 말이 많을 뿐더러 이야기가 풍부해집니다. 흔히 자서전이라고 하면 살아왔던 삶을 전면에 내세워야 한다고 생각하지만 꼭 그럴 필요가 없습니다. 꽃에 대한 이야기, 산에 대한 이야기, 음식에 대한 이야기… 이렇게 취미나 특기를 앞세워서 살짝 자기 이야기를 끼워넣는다면 더없이 좋은 자서전이 완성될 것입니다.

4. 다른 장르로 쓰기

소설가야말로 자전적 기록을 소설 속에 살짝살짝 끼워넣으며 사는 사람이 아닐까요. 소설은 '허구'를 전제로 하지만 순수한 허구라는 게 가능할까요? 어떤 소설이든 소설가의 체험이나 상상 혹은 들었던 얘기가 들어가지 않았을 리가 없지요. 특히 초기 작품들은 자기 이야기가 많이 들어갈 수밖에 없습니다. 소설가들도 처음에는 자기 이야기를 누군가 들어주길 바라는 마음에서 출발하니까요. 다만, 자전적 기록과 소설이 다른 점은 자전적 기록은 '허구'가 끼어들 폭이 좁지만 소설은 '허구'가 들어올 범위가 넓다는 것입니다.

자서전을 소설 형식으로 쓴다면 서술자를 마음대로 설정해서 독특한 효과를 얻을 수 있습니다. 소설에서 '서술자의 위치'를 시점(視點)이라고 합니다. 글을 쓰는 사람의 위치가 어디에 있느냐에 따라 시점이 결정됩니다. 자전적 기록은 대부분 '나'가 서술자가 되어 글 속에서 이야기를 이끌어갑니다. 시점을 '당신'(혹은 '너'), 3인칭으로 바꿔서 쓸 수 있습니다. 3인칭(그·그녀 등)은 1인칭으로 서술하는 것보다 좀 더 객관적 시각을 가질 수 있겠지요.

시(詩)로 자전적 기록을 할 수도 있습니다. 장편 서사시처럼 장소, 시간, 사건을 시의 형식을 빌어 이어가면 됩니다. 호메로스의 《일리아스》, 《오디세이아》처럼 말입니다. 한두 장면을 시 형식으로 쓰는 것도 좋은 시도라고 생각합니다. 하지만 책 한 권 분량을 모호한 언어로 채워간다면 쓰는 사람만 이야기의 흐름을 알고, 읽는 사람은 그것을 해독하기 어려운 사태가 벌어질 수도 있습니다. 다른 방법으로 글을 진행하다가 가끔 몇 장면을 소설처럼, 시처럼 시도해보면 어떨까요? 글에 변화를 줄 수 있는 좋은 방법입니다.

5. 편지 혹은 일기로 쓰기

　일기야말로 자서전 쓰기에 가장 알맞은 방법입니다. 지속적으로 일기를 써왔다면 굳이 '자서전을 쓴다'라고 말하지 않아도 됩니다. 하지만 일기를 지속적으로 써온 사람은 극히 드물 테고, 앞으로도 지속적으로 쓰기가 힘듭니다. 그렇다면 과거의 어떤 일이 있었던 날로 돌아가서 일기 형식으로 글을 써봅시다.

　이 방법은 글이 잘 안 써져서 고민하는 사람이 시도해보면 좋습니다. 학교 다닐 때 일기는 많이 써봤을 테고 그때로 되돌아가서 일기를 쓰면 됩니다. 과거의 일을 일기 형식으로 써보는 것도 좋지만 지금부터라도 하루하루를 몇 줄로 기록해보면 어떨까요? 오늘이라는 시간도 내일에는 벌써 과거가 되어버리니까요.

　길게 쓸 필요는 없습니다. 단 한 줄, 그러다 맘 내키면 두 줄, 어쩌다 세 줄. 이렇게 간단하게, 부담 없이 쓰면 됩니다. 종이를 꺼내서 쓰기 귀찮으면 핸드폰 메모장에, 블로그에, 카페에, 페이스북에 남겨봅시다. 하루 한 줄이 모여서 1년 후엔 좋은 기록이 될 것입니다. 훌륭한 자전적 기록의 소재가 됩니다.

　《안네의 일기》는 유대인 소녀 안네 프랑크가 2년 동안 숨어 지내며 적은 일기입니다. 《안네의 일기》는 흰색과 빨간색 체크 무늬가 있는 일기장, 표지가 두꺼운 학교 공책 두 권, 일기를 쓰고 고쳤던 얇은 종이 360장 등으로 남아 있다고 합니다. 안네의 가족 네 명과 친한 유대인 가족 네 명 등 여덟 명이 암스테르담의 다락방에서 지내는 동안 겪은 것을 예민한 사춘기 소녀의 눈으로 그려냈지요. 전쟁 후 안네가 숨어 지내던 다락방에서 그 일기장이 발견되었습니다. 이 일기장은 지금까지 65여 개 언어로 번역돼 나치의 만행을 전 세계인에게 고발하고 있습니다. 《안네의 일기》가 보통의 일기 형식과 다른 점이 있습니다. 일기 속에 '키티'라는 대화 상대가 나옵니다. '키티'에게 이야기를 하는 형식으로 쓰여 있습니다. 일기 형식이지만 그 글을 읽어주는 '키티'라는 인물을 가정하고 썼기 때문에 '편지'라고도 할 수 있죠.

네덜란드 암스테르담에 있는 '전쟁기록연구소'에 보관된 《안네의 일기》를 보기 위해 해마다 100만 명 이상의 관람객이 찾아온다고 합니다. 이 일기는 세계사적으로 그 중요성과 고유성, 대체 불가능성을 인정받아서 2009년 세계기록유산에 등재되었습니다.

헨리 데이비드 소로의 《월든》도 시작은 일기였습니다. 20세가 되던 1837년부터 생을 마치는 1862년까지 소로는 일기를 썼습니다. 시인 에머슨의 조언으로 일기를 쓰기 시작했다고 밝힌 그의 1837년 10월 22일 일기를 인용해봅니다.

그렇다, 오늘 나는 처음으로 일기를 쓴다.

혼자가 되기 위해서는 현재의 나로부터 벗어날 필요가 있다. 로마 황제의 방처럼 사방이 거울로 둘러싸인 곳에서는 혼자라는 생각을 할 수가 없다. 다락방으로 올라간다. 이곳에선 거미조차 아무런 방해를 받지 않는다. 마루를 쓸지 않아도, 재목을 나르지 않아도 좋다. 독일 속담에 이런 말이 있다. "진실이란 나를 더 나아지게 하는 모든 것이다."

—헨리 데이비드 소로 지음, 윤규상 옮김, 《소로의 일기》, 도솔, 2003, 47쪽

소로가 매사추세츠 콩코드 교외에 있는 월든 호숫가에서 살던 2년여 기간의 일기를 바탕으로 《월든》이 완성되었습니다. 문명사회의 통찰을, 섬세하게 관찰한 자연을, 간결한 생활을, 읽은 책의 내용을, 사색을 일기에 기록했습니다. 매일의 기록이 있었기 때문에 《월든》과 같은 독특한 산문집이 탄생했습니다.

그 밖에 '일기' 또는 '일기 형식'의 글은 많습니다. 오늘을 기록하는 일이 내일이 되면 기억 속 이야기가 됩니다. 과거로 무작정 돌아가지 말고 지금 오늘부터 기록하면 어떨까요?

6. 구술하기

중국의 유명한 민담구술가의 책이 출간됐다는 기사를 본 적이 있습니다. 찾아보니 '황구연'이라는 분이군요. 기사에 따르면 황구연

선생님이 구술하고 조선족 민간문학가 김재권 씨가 기록한 《황구연 전집》(총 10권)이 그 책입니다. 황 선생이 구술한 이야기는 신화, 전설, 설화에서부터 역사, 이민사, 항일투쟁사는 물론 민담과 속담 등이 포함되어 있습니다. 황구연 씨는 중국 길림성 용정시에서 '옛말 대왕' '황 대포'라는 별명을 얻을 만큼 이야기꾼으로 이름이 높았습니다. 본격적으로 그의 구술을 기록하기 시작한 것은 1983년 7월부터였습니다. 만 5년 26차례에 걸쳐 그의 이야기를 녹음했고, 이렇게 모인 200여 편은 《천생배필》, 《파경노》, 《황구연 이야기집》이라는 책으로 중국에서 출간되었으며 이를 우리나라에서 번역, 출간했습니다.

자기 삶을 기록하기 전에는 주로 구술에 의해 생애사를 정리했습니다. 구술이 자전적 기록의 한 방법으로 활용된 예는 많습니다. 바로 이전 세대에서는 기록되어야 할 인물의 개인사나 자료를 채집하기 위해 구술을 많이 사용했습니다.

구술하기는 구술 자체를 녹음하여 보관하기도 하지만 녹음 자료를 글로 풀어서 기록하기도 합니다. 아무래도 녹음 자료만 있는 것보다는 글로 기록했을 때 많은 사람이 내용에 접근하기가 쉽겠지요. 녹음 자료를 글로 옮길 경우 구술 자체를 그대로 기록할 수 없기 때문에 기록하는 사람에 의해 각색되거나 그의 시각이 들어갈 수밖에 없습니다. 당연히 구술자보다 기록자의 역량이 중요하게 작용합니다. 하지만 글을 쓰기 어려운 상황이거나 글쓰기 자체가 부담스러운 사람에게는 구술하기야말로 최선의 방법입니다.

7. 여행기 혹은 일기

얼마 전 연암 박지원의 《열하일기》에 대해서 들었습니다. 그러고는 그날 유튜브에서 EBS에서 방영했던 김연수의 〈열하일기〉 다큐멘터리를 봤습니다. 그리고 이 여행기의 형식에 관심을 가지게 되었습니다. 분명 여행기인데 왜 책의 제목을 '일기'라고 했던 걸까 궁금했습니다.

《열하일기》는 박지원이 44세 되던 1780년에 삼종형 박명원이 청나라 건륭제의 70세 생일 만수절 축하 사절로 연경(지금의 북경)에 갈 때 따라가서 그 여정을 적은 일종의 여행기입니다. 그해 음력 5월 말 한양을 출발해 압록강을 건너고 요동을 지나서 8월 초 연경에 도착합니다. 사절단 일행이 연경에 도착했을 때 건륭제는 열하(지금의 승덕)에 있었고, 사절단은 다시 행장을 꾸려서 만리장성 너머 열하까지 갑니다. 일행은 열하에서 6일 머문 뒤에 다시 북경으로 돌아와 약 한 달 동안 머문 뒤 그해 10월 말에 한양으로 돌아옵니다. 모두 26권 10책의 방대한 양의 《열하일기》는 연경이나 열하에서 보고 듣고 접한 것을 다양한 형식으로 정리했습니다. 여행에서 만난 사람들의 모습을 생생하게 묘사할 뿐만 아니라 그 사람의 삶을 이야기 형식으로 기록했습니다. 때로는 사람들에게서 들은 이야기를 끼워넣기도 합니다. 흔히 '허생전'으로 알려진 것도 그런 이야기 중 하나입니다.

이 책은 분명 여행기인데 '일기 형식'으로 기록했기 때문에 《열하일기》라고 한 모양입니다. 일기 형식으로 기록된 것은 주로 도강록, 성경잡지, 일신수필, 관내정사, 막북행정록, 환연도중록, 태학유관록 등 열하에서 연경으로 돌아오기까지입니다.

앞서 본 것처럼 일기를 편지 형태로 쓸 수도 있고, 여행기도 일기 형식을 차용할 수 있지요. 꼭 이렇게 써야 한다는 것은 없습니다. 방법은 그때그때 자유롭게 선택하면 됩니다.

8. 그 밖의 방법

사진, 그림, 영상, 블로그, 카페, 연극 등과 같은 방법은 어떤가요? 《윤미네 집》이라는 사진집이 있습니다. '윤미 태어나서 시집가던 날까지'라는 부제가 붙은 사진집입니다. 고(故) 전몽각 교수가 큰딸 윤미 씨가 태어나 결혼하기까지 성장 과정을 사진으로 기록한 책입니다. 《윤미네 집》 초판본은 1990년 '윤미네 집' 사진전을 위해 약 1000부가 출간되어서 서점에서는 쉽게 찾아볼 수 없었다고 합니다. 그러다가 사진 동호회 사람들을 중심으로 《윤미네 집》을 꼭 구하고 싶다는 열망이 뜨거워 20년 만에 복간되었습니다. 이 사진집은 한 개인의 성장사를 기록하고 있지만 60년대 우리 사회가 어떤 과정을 거쳤으며 중산층이 어떻게 구성되어 있는지 또는 이러한 중산층의 삶이 어떻게 변화해왔는지를 보여주는 자료로써도 가치가 크다고 합니다. 《윤미네 집》처럼 오랜 시간을 기록하지 않아도 됩니다. 지금까지 찍은 사진들을 간추려서 사진을 찍었을 때를 기억해내며 메모를 곁들인다면 좋은 자서전이 될 것입니다.

블로그나 SNS를 활용한 글쓰기도 도움이 됩니다. 오늘의 이야기를 쓰면서 가끔 생각나는 과거 이야기를 쓸 수도 있습니다. 핸드폰으로 찍은 사진을 쉽게 올릴 수도 있습니다. SNS에 글을 올리면 다른 사람들의 반응을 확인할 수 있을 뿐더러 그 사람들의 피드백을 퇴고할 때 또는 다른 글을 쓸 때 활용할 수 있습니다.

다른 사람에게 보이기 싫은 글은 자기만 볼 수도 있습니다. 실제로 페이스북에 일기를 쓰고, 그 글은 '자기만 보기'로 돌려놓는 사람들도 있습니다. 페이스북은 1년 전, 혹은 2년 전 그날에 어떤 일이 있었고, 어디에 갔는지 일깨워주기도 합니다. 지난 해 오늘 저는 친구와 변산반도 '마실 길'을 걸었군요. 아침에 페이스북을 열자 변산반도에서 친구랑 함께 찍은 사진을 보여주며 1년 전 오늘이라고 알려주더군요. 오랜만에 그 친구에게 안부 전화를 했습니다. 자기 삶을 기록하는 것을 꼭 과거의 이야기로만 한정시키지 말고 오늘부터 기록하십시오. 그러다 보면 자연스럽게 기억과 연결되고 과거의 이야기도 할 수 있게 됩니다.

시간이 가고 이야기가 쌓이고 쌓이면 그것을 바탕으로 책을 엮어도 됩니다. 다른 사람과 소통하면서, 과정을 충분히 즐기면서 글을 쓸 수 있습니다.

생생한 글쓰기를 위한
몇 가지 요령

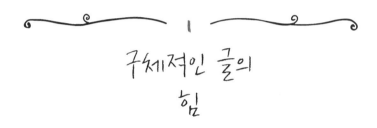

구체적인 글의 힘

*

구체적인 글을 쓰려면 보여주기 방법이 효과적입니다. 말하는 것이 아니라 어떤 장면을 보여준다고 생각하면서 글을 써보세요. 자연스 럽게 구체적인 글이 됩니다.

　많은 사람이 범하기 쉬운 오류 중 하나가 바로 이야기를 줄줄이 나열하는 것입니다. 다른 사람이 겪지 않은 시련과 맞닥뜨리고 그것을 극복한 사람이라면 의기양양하게 그 사건 이야기를 합니다. 사람들 앞에서 말로 그 이야기를 한다면 들어줄 테지요. 하지만 글이 줄줄 이어지는 이야기로만 이루어졌다면 독자는 끝까지 읽지 않습니다. '말하기'와 '글쓰기'가 다르다면 바로 이 지점일지도 모릅니다.

설명하지 않고, 말하지 않고, 보여주기

이야기가 있는 글쓰기는 크게 '말하기(telling)'와 '보여주기(showing)'로 나눌 수 있습니다. '말하기'는 직접적으로 설명하는 것으로 어떤 사건이나 인물에 대해 요약하는 것을 말합니다. '보여주기'는 설명이나 요약하는 것이 아니라 그 사건이나 대상에 대해서 마치 눈에 보이는 듯이 묘사하는 것을 말합니다.

글쓰기에 익숙하지 않은 사람들은 '보여주기'보다 '말하기'에 더 익숙합니다. 글에서 '말하기'도 분명 필요합니다. 하지만 우선 '보여주기' 방법으로 구체적인 글을 써보는 것이 좋습니다. '보여주기'를 하면 구체적인 글쓰기는 연습으로 터득할 수 있습니다.

다음 두 글을 비교해보겠습니다.

[예시 1] 내 삶의 이야기

군대를 제대하고 울산의 조선소에 취업했다. 그것도 순전히 우연한 인연으로.
그 우연이 45년간 내 청춘 내 인생의 황금기를 송두리째 가져간 평생의 직업이 되었다.
그 조선소 배 짓는 기술 하나로 내 인생은 독립했고, 가정을 꾸렸고, 자식을 키우고 가르치고 독립시켰다.

군대 제대와 조선소 취업, 그곳에서 45년간 직장생활. 45년이라는 긴 시간이 단 몇 줄의 문장으로 요약되어 있습니다. 순식간에 시간이 흘러버렸죠. 극단적으로 100년이라는 시간도 문장 하나로 흘러가버리게 할 수 있습니다. 하지만 자전적 기록은 좀 더 세밀해야 의미가 있습니다. 울산의 조선소에서 45년 동안 무슨 일을 했고, 어떤 일이 있었는지, 누구를 만났는지 그동안의 일에 돋보기를 들이대서 자세히 보여주는 것이 필요합니다. 어느 특정한 시간과 장소로 돌아가서 기록하는 글에 무게가 실리고 그 무게는 읽는 사람의 마음을 자극합니다. 〔예시 1〕이 얼마나 구체적일 수 있는지 다음 글을 보겠습니다.

[예시 2] 조선소의 아침

남색 안전화 구두끈을 한 칸 한 칸 구멍에 올려가며 끼운다. 엄지와 검지로 끈을 붙잡고 당긴다. 팽팽하게 당겨진 끈이 풀리지 않도록 장력을 유지하면서 매듭을 만들고 한 바퀴 바지 밑단을 끈으로 감아서 바지 밑단이 너덜거리지 않게 묶는다.

안전화 속으로 용접 불똥, 절단 불똥이 튀어들어가면 절대 안 되기 때문이다. 철판에 걸어차인 안전화 코 둥근 돌출부에 몇 군데 상처가 나서 너덜너덜 패어 있다. 붉은색 쇳가루가 그 상처 속과 주변에 가는 고춧가루처럼 박혀 있는 것이 보인다. 시큼시큼한 묘한 쇠 냄새가 코끝에 풍겨온다.

몇 십 년째 아침마다 신는 안전화라서 익숙하지만, 긴 안전화의 많은 구멍을 하나도 빼먹지 않고 모든 구멍마다 끈을 꿰고 적당하게 당기고 바지 단이 너풀거리지 않게 묶는 일이 조금은 귀찮다. '세상의 그 많은 멋진 신발 중에서 허구한 날 이 못생기고 냄새나는 안전화라니?' 엉뚱한 넋두리가 잠시 머리에 스치듯 지나간다.

두 눈에 이물질과 쇳가루가 날아들어 오는 것을 막는 밀착형 보호 안경을 쓰고, 안전모 턱 끈을 졸라맨다. 흰색 안전모 바깥 부분엔 벌써 여러 군데 흠집이 나 있고 페인트도 묻어 있다. 현장에서 선박 구조물들과 충돌해서 생긴 흠집들이다. 이 흠집은 바로 내 머리를 그만큼 보호해준 안전모로서의 책임을 다한 고마운 증거이기도 하다.

안전모 내피에는 땀 냄새가 진하게 배어 있다. 땀방울이 송글송글 맺히고 마르고 또 맺히고를 수백 번 반복한 그 냄새다. 이런 것이 아마도 삶의 진짜 냄새가 아닐까 생각해본다.

귀마개를 귀에 후벼넣는다. 귀마개는 형상 기억 우레탄폼으로 만들어져 외이도 구멍에 돌돌 말아서 끼워넣으면 부풀어 오르면서 외이도에 밀착된다. 귀마개는 현장의 커다란 소음으로부터 고막을 보호하여 난청을 막아준다. 현장에서는 의무적으로 착용해야 한다. 이것은 큰 망치 소리 등은 작게 들리도록 차단하지만, 사람의 목소리는 작게라도 들린다.

이제 안전벨트를 맨다. 양다리 허벅지를 감아서 양 어깨와 가슴과 등을 X자로 감아서 높은 곳에서 만에 하나 추락해도 그네를 타듯이 사람이 허공에 대롱대롱 매달리게 된다. 안전 원칙에는 예외자가 있을 수 없다. 이 원칙은 아침 조회 시 전원이 커다란 목소리로 지적 확인을 함으로써 머릿속에 각인시킨다.

"안전벨트 활용 좋아! 좋아! 좋아!"

아침마다 조선소는 그날그날 바꿔가며 위험 예지 구호를 현장이 떠나가도록 쩌렁쩌렁하게 모두 호흡을 맞춰서 외친다. 안전 복장을 완전하게 갖춘 모양새는 전쟁터에 나선 전투병과 다르지 않다. 예전엔 조선소 사람들을 산업전사라고 부르기도 했는데 아주 적절한 호칭이라고 생각한다. 안전 장구는 머리, 눈, 귀, 입, 손, 발… 인간의 모든 감각기관을 전부 덮고, 감싸고, 보호한다. 불편하고, 거추장스럽지만 이 원칙을 한 가지라도 위반해서는 안 된다. 귀중한 사람의 안전을 확보하려니 별로 획기적이고 뾰족한 방법이 없다.

바깥세상에서 다른 일을 하고 사는 일반인에게 조선소 안전 복장을 하고 일하라고 하면 몇 시간도 못 참고 벗어던질 것이다. 그러나 조선소 현장에선 이 안전 규칙을 사장님도, 회장님도 지켜야만 출입할 수 있다. 안전모 턱 끈을 꽉 조인다. 턱 끈을 조이지 않으면 혹시 넘어질 때 안전모가 먼저 벗겨져 머리를 다칠 수 있기 때문이다. 신입사원들은 이걸 굉장히 귀찮아한다. 턱 끈에 땀이 배면 그 촉감이 별로 유쾌하지 않다. 민감한 사람은 불쾌감이 더 클 수 있다. 그러나 습관이 되면 오히려 턱 끈을 조여야 더 편안한 느낌을 받는다. 안전벨트에는 2m 정도의 밧줄이 2개 매달려 있다. 1.5m 이상 고소 작업 시에는 이 밧줄 끝에 달려 있는 낚시 모양의 후크를 가까이에 있는 튼튼한 구조물에 걸고 작업해야 한다. 실수해서 발을 헛디뎌도 안전벨트 후크를 걸고 있는 한 추락 사고는 예방된다. 생명줄인 것이다. 이렇게 거추장스러운 장비가 조선소의 아침을 여는 필수적인 동반자다. 이들과 친해져야 하고 이들을 사랑해야 이들 또한 나를 사랑하여 나를 보호할 것이다. 이제 안전 장구를 100% 완전하게 갖췄다. 20여 명의 동료들과 오늘의 안전 구호를 큰 소리로 외친다.

조선(造船)의 하루가 이제 열리고 있다.

　　[예시 1]과 [예시 2]는 같은 분이 쓴 글입니다. [예시 1]에서 휙 지나가 버렸던 '어느 하루'를 포착해서 [예시 2]가 전개됩니다. 시간은 조선소에서의 아침으로 한정되어 있습니다. 조선소에서 근무한 사람이 아니면 그들의 하루가 어떻게 시작되는지 잘 모릅니다. 글은 작업에 들어가기 전 준비 과정을 보여줄 뿐입니다. '철판에 걸어차인 안전화 코' '둥근 돌출부에 몇 군데 상처' '붉은색 쇳가루가 그 상처 속과 주변에 가는 고춧가루처럼 박혀 있는'이라는 표현은 사실만을 보여줬을 뿐인데 현장을 아주 생생하게 전달합니다. 안전화를 신는 과정과 상처투성이 안전화와 구두끈, 안전모, 안전벨트, 후크 그리고

안전 구호 등 아주 구체적으로 조선소의 아침을 보여줬을 뿐인데 독자는 글쓴이가 얼마나 위험한 일을 곧 시작하게 되는지 알 수 있습니다. 일에 임하는 각오와 고단함도 느낄 수 있습니다. 더 확대하자면 한 가정의 가장으로서의 삶이 무겁게 전해집니다.

　글은 구체적일수록 힘이 있습니다. 따라서 글을 쓰기 전 가능하면 구체적인 기억을 떠올리고 구체적인 장면을 잡아서 시작하는 것이 좋습니다. 그렇지 않으면 '말하기'에 머물고 맙니다. 글은 '보여줄' 때 누군가의 마음을 흔들거나 뭔가 하나 남길 수 있습니다.

2

소재에
이야기를 붙여라

*

큰 것을 버리고 작은 것에 몰두하는 훈련이 필요합니다. 추상적 단어
보다는 구체적인 단어를 사용해야 합니다. 명작이라고 불리는 예술
작품은 대부분 어떤 사물(소재)만을 독자에게 각인시킵니다.

지난 시간에 이어 오늘도 구체적인 글쓰기에 대한 말씀드리려고
합니다. 어떻게 하면 구체적 글쓰기가 가능할까요? 여기 쉬운 방법
이 있습니다. 이야기를 소재에 붙이면 됩니다.

소재는 어떤 물건이라고 생각하면 됩니다. 알고 보면 드라마, 소
설, 연극 등이 소재와 관련이 있습니다. 어떤 소재에 대한 이야기를
하는 게 대부분입니다. 여러분이 봤던 드라마 중 기억에 남는 장면을
떠올려보십시오. 그 장면 속에 어떤 소재가 있을 것입니다. 일반적인
소재에 이야기를 갖다 붙이면 '상징'의 세계로 넘어갑니다.

우리가 사는 곳곳에 상징이 들어와 있습니다. 결혼식, 졸업식, 올

림픽 게임, 기도, 장례식 등에도 말입니다. 결혼식 과정에 들어 있는 하나하나의 의식은 모두 의미가 있습니다. 성혼 선언이나 결혼반지를 교환하는 것이나 하객 앞에서 행진을 하는 과정도 말입니다. 때로 사회자에 의해 그 의미가 설명되는 광경을 봅니다만 대부분은 하나의 의식으로 간과하고 맙니다. 결혼식이라는 하나의 문화를 갖게 되기까지 여러 이야기가 끼어들었을 것입니다. 결혼식이라는 것을 통해 많은 사람 앞에서 부부가 되었음을 선언합니다. 하지만 생각해보면 그런 선언이야말로 전혀 다른 방법으로 하는 편이 효과적입니다. 신문에 광고를 낸다던지 아니면 친인척에게 문자 메시지를 보내거나 SNS 친구들에게 알리거나 간편한 방법이 많습니다. 그러나 굳이 번거롭게 하객을 초대하고 힘들게 결혼식을 치릅니다.

결혼식뿐만이 아닙니다. 우리가 향유하는 대부분의 예술 분야는 상징과 연결되어 있습니다. 이미 3만 5000년 전에 피리 부는 연주자가 있었고 그 음악을 듣는 청중이 있었습니다. 2008년 독일 홀레펠스동굴에서 형태가 온전히 남아 있는 1개의 피리와 여러 조각으로 부러진 세 점의 피리가 발견되었습니다. 우리는 단순히 생존을 위해 진화해온 종이 아닌 것만은 확실합니다. 눈에 보이는 것 이상의 것(여기서는 그것을 '상징'이라고 하겠습니다)을 추구해왔습니다.

소설을 읽거나, 영화나 드라마를 다 보고 나면 전체적인 이야기가 남기도 하지만 그것보다 더 깊이 뇌리에 박히는 것은 하나의 문장, 하나의 대사, 하나의 장면, 하나의 소재, 하나의 음악 등입니다. 스토리 라인은 흐릿해져도 딱 하나가 남습니다. 그 딱 하나도 남지 않은 작품도 많습니다. 우리가 명작이라고 일컫는 것들은 이 '딱 하나'를 남기는 것일지도 모릅니다. 가령 이와이 순지 감독의 영화 〈러브 레터〉에 나오는 '오겡끼데스까'라는 말 같은 것입니다. '오겡끼데스까'는 일본인에게는 아주 흔한 인사말임에도 이 영화에서는 대단한 의미를 가집니다. '오겡끼데스까'라는 말만 들어도 저절로 〈러브 레터〉가 떠오른다고 말하는 사람도 많이 봤습니다. 그 차가운 산을 향해 외치던 말 하나가 가진 힘을 짐작합니다.

명작을 쓸 것도 아닌데 이런 섬세한 것까지 생각해야 하느냐고 물으실지도 모르겠네요. 명작이 아니더라도 한 사람의 독자를 위해 쓰는 글이라면 있는 힘을 다해 써야 합니다. 이야기만 쭉 나열하면 감동을 주기 어렵습니다. 겪은 사람에겐 아무리 큰 상처도 다른 사람에겐 그저 지나간 이야기에 불과합니다. 어느 정도 분량의 글을 쓰기도 힘듭니다. 그래서 저는 이야기를 소재에 붙여서 쓰라고 주문합니다.

처음부터 소재를 떠올리면 더 좋습니다. 중학교 졸업식 장면을 쓰고 싶으면 그날 입었던 옷이나 액세서리, 아버지가 주신 선물, 어떤 꽃으로 만들어진 꽃다발 등등 사물을 떠올려보는 겁니다. 그리고 그중 이야기와 가장 어울릴 만한 소재를 글 속에 끌어오면 됩니다. 그 소재를 일단 그 글의 제목으로 붙이십시오.

이렇게 소재에 이야기를 붙이다 보면 저절로 작고 사소한 내용으로 채워집니다. 이야기하고 싶은 것이 작으면 작을수록, 범위가 좁으면 좁을수록 글은 깊어집니다. 작고, 좁고, 깊이 있는 이야기를 쓰는 게 중요합니다. 거대한 이야기인 듯 보이는 대하소설도 들여다보면 작고, 좁고, 깊이 있는 장면들로 이루어져 있습니다.

이야기만 하면 줄줄이 흘려버리기 쉽습니다. 들을 땐 재밌고 흥미롭지만 듣고 나면 금세 잊힙니다. 하지만 어떤 소재에 이야기를 붙이면 그 소재와 함께 이야기가 오랫동안 머물게 됩니다. 소재를 좀 더 확장하면 한 장면, 한 이미지라고도 말할 수 있습니다. 자전적 글쓰기는 토막토막의 글로 엮이니 이 방법이 더욱 효과적입니다. 넓고 크게 쓰려는 것을 경계하십시오. 넓고 크게 쓰고 싶다면 반대로 더 좁고 깊게 들어가십시오.

잊히지 않는 글이 하나 있습니다. 화초 키우는 것을 유독 좋아하시는 수강생 한 분이 계셨습니다. 함께 이야기를 나누고 소식을 전하던 단체 채팅방에 종종 베란다 화분의 사진을 올리시곤 했는데 꽃 키우는 솜씨가 보통이 아니었습니다. 강의 시간에 어쩌다 꽃 얘기가 나오면 어떤 꽃이든 꽃말에서부터 좋아하는 토양, 꽃이 피는 시기, 꽃잎의 모양 등등 그 꽃에 대한 정보를 들려주셨습니다. 그래서 그분에게는 삶의 이야기를 꽃에 빗대어 써보면 좋겠다고 말씀드렸습니다. 다음은 그분이 '꽃'이라는 제목으로 쓴 글입니다. 슬프고, 기쁘고, 아름다운 빛깔의 꽃잎으로 장식된 글입니다.

꽃

꽃이라면 그저 좋아하고 내 마음대로 사랑하고 가꿀 뿐이지 제대로 된 원예 교육도, 기술도 배운 적도 없습니다. 그저 '꽃' 하면 좋을 뿐입니다. 꽃이 왜 좋으냐고 묻는다면 꽃을 보는 순간 마음에 쌓인 스트레스가 확 날아가버린다고나 할까.

삶에 찌들고 몸이 고달플 때도 종로에 있는 꽃시장을 갑니다. 아이쇼핑으로 돈 안 드는 눈요기만 하다가 어떤 아이가 눈에 들어오면 그것을 사고, 또 꽃집 사람들이 아는 체 하고 반가워하면 마지못해 하나 팔아주는 정도입니다. 이렇게 사온 꽃들은 일방적인 내 선택으로 내게 온 아이들이라 온 정성을 다해 물을 주고 가꿉니다.

우리 가족은 꽃에는 아예 관심이 없고 죽더라도 애착도 없습니다. 때로는 "엄마 또 꽃 사왔어? 이제 그만 사와. 풀대기는 왜 돈 주고 사와"라고 하기 때문에 때로는 어디다 감추고 안 사온 척 합니다. (…)

내 남편은 요로 암 진단을 받고 콩팥으로 전이될까 봐 한쪽을 들어내는 수술을 받았습니다. 남편에게는 암이라고 말할 수가 없어서 장에 혹이 생겨서 수술한다고 거짓말을 했습니다. 5시간 정도 걸린 큰 수술이었습니다. 온 가족은 마음을 졸이며 수술이 끝나기만을 기다렸습니다.

하루는 과일과 여러 가지 먹을 것을 가지고 병원에 갔는데 안 먹는다고 있는 대로 성질을 부리고 링거를 매단 장대를 밀고 공원으로 올라갑니다. 의사가 담배를 피우지 말라고 하는데 수술한 복대에 담배를 감추고 피우다가 의사에게 들킨 후로는 병원 옆 공원까지 가서 담배를 피웠습니다. 나는 먹을 것을 가지고 거기까지 따라갔습니다. 남편은 수술 안 하고 약만 먹으면 될 것을 괜히 수술을 해서 고생시킨다고, 일부러 자기를 고생시키고 죽이려 한다고 생떼를 부립니다. 한참 소리를 지르고 화를 냅니다. "수술은 내 마음대로 해요, 의사가 해야 한다고. 안 하면 죽는다 하니까 우리는 의사 지시에 따를 뿐이고 돈이나 준비하지 선택의 여지가 없잖아요. 왜 그래요, 그러면 죽든지 말든지 당신 마음대로 해요."

성질을 있는 대로 부리더니 가지고 간 것을 다 먹었습니다. 노점상에서 파는 머루랑 다래를 보고 남편이 "머루 다래가 나왔네"라고 중얼거립니다.

"왜 당신 먹고 싶어? 살까? 먹고 싶은 거 있으면 말해요. 해올게요."

"너나 처먹어."

남편이 또 성질을 부렸습니다.

저녁 시간까지 있어야 하는데 금방 가슴에서 폭탄이 터질 것 같아 나는 손녀 손을 잡고 병실을 나와 전철을 타고 종로 6가 꽃시장을 갔습니다. 가슴 속에서는 눈물이 흐르다 못해 피가 줄줄 흐르는 것 같았습니다.

꽃을 들여다보고 꽃 장수들과 이야기를 하다가 하나 삽니다. 속상한 이야기를 다 할 수 없지만 꽃 보는 것으로 위로가 됩니다. 그날은 꽃을 몇 가지 사서 곧장 집으로 갔습니다. 남편 얼굴이 보고 싶지 않았습니다.

사온 꽃을 잘 심고 베란다에 자리를 잡아 놓으니 마음이 흡족합니다. 꽃은 힘든 현실을 견디게 합니다. 잠깐 이 세상에서도 도망치게 합니다. 그런 꽃을 어찌 좋아하지 않을 수 있겠습니까.

글의 주요 이야기는 남편의 수술, 입원, 병문안입니다. 남편은 요로 암이 콩팥으로 전이될까 봐 수술을 받았습니다. 아내는 먹을 것을 싸서 병문안을 갔지만 남편에게 타박만 받습니다. 급기야 "죽든지 말든지 당신 마음대로 해요"라고 말해버립니다. 폭탄이 터질 것 같은 심정으로 글쓴이가 향한 곳은 종로 6가 꽃시장입니다. 가슴에 피가 줄줄 흐르는 마음으로 꽃을 들여다보고, 꽃을 사면서 위로를 받습니다. 누구든 현실을 견딜, 잠깐이라도 세상에서 도망치고 싶은 순간이 있습니다. 글쓴이에게는 그것이 '꽃'이었습니다. 남편의 수술, 병문안, 그리고 갈등이 '꽃'이라는 작은 소재에 잘 녹아 있습니다.

3

첫 문장에
대하여

*

첫 문장은 중요합니다. 또 좋은 첫 문장은 분명 있습니다. 하지만 어떤 문장이 첫 문장으로 좋을지 묻는다면 '정답은 없다'라고 말씀드리겠습니다. 오로지 감각으로 익혀야 합니다.

글의 첫머리는 글 전체의 방향을 제시하거나 암시하는 부분입니다. 따라서 그 글의 첫 문장은 중요합니다. 한 소설가는 소설 전체에서 첫 문장이 차지하는 무게가 70%라고 말하기도 합니다. 공공연하게 우리는 유명한 첫 문장을 꼽아보기도 합니다. '소설 한 편은 첫 문장을 해결해나가는 과정이다'라고 적힌 글도 본 적이 있습니다. 첫 문장의 비중이 이렇게 큰 것은 소설뿐만이 아닙니다. 독자 입장에서는 흥미롭거나 관심 가는 내용일 것 같은 예감이 들거나 호기심이 발동해야 더 읽고 싶을 것입니다.

그렇다고 첫 문장이 중요하고 비중이 크니 심사숙고해서 첫 문장을 써야 한다는 의미는 아닙니다. 중요하다고 생각해서 좋은 첫 문장을 쓰려고 해도 마음에 드는 첫 문장이 떠오르지 않습니다. 오히려 이런 강박 때문에 글을 쓰고 싶은 욕구가 사라져버릴지도 모릅니다. 글쓰기가 두려울지도 모릅니다.

앞서 말씀드린 대로 글은 아무렇지 않게 시작하면 됩니다. 생각나는 대로 마구 쓰면 됩니다. 일단 초고를 쓰는 것이 무엇보다 중요합니다. 15분 혹은 20분이라는 시간을 정해두고 일단 한 가지 사건을 쓰십시오. 글쓰기가 익숙하지 않은 분은 시간을 짧게 잡고 쓰는 것이 좋습니다. 길면 마음의 부담이 생길 수 있으니 최대한 즐긴다는 마음으로 시작하면 됩니다. 이렇게 초고를 다 쓰고 나서 첫 문장을 고민하면 됩니다.

다 쓴 초고를 읽어가면서 첫 문장으로 사용하면 좋을 것 같은 문장을 발견하면 그걸 맨 앞으로 가져와서 글을 고쳐봅시다. 이렇게 하면 자연스럽게 구성이 바뀌는데, 새로운 구성이 앞선 글의 구성보다 탄탄하고 밀도가 높을 가능성이 많습니다. '첫 문장'이 바뀌면 생각이 다시 정리되고, 글 전체가 바뀔 수밖에 없기 때문입니다.

그렇다면 어떤 문장이 첫 문장으로 좋을까요? 그것에 대한 감은 조금만 노력하면 익힐 수 있습니다. 가장 좋은 방법은 다른 사람 글의 첫 문장을 유심히 보는 것입니다. 신문의 논설이나 칼럼 첫 문장을 찾아서 기록해보는 것도 방법입니다. 소설에는 유명하다는 첫 문장들이 있습니다. 그 문장들을 한번 살펴볼까요?

어느 날 아침 그레고르 잠자가 불안한 꿈에서 깨어났을 때, 그는 침대 속에서 한 마리의 흉측한 갑충으로 변해 있는 자신의 모습을 발견했다.

—카프카, 《변신》

어느 날 눈을 뜨니 자신이 흉측한 갑충으로 변해버린 것을 그레고르 잠자는 알게 됩니다. 그의 가족들은 그를 어떻게 대할까요? 그를 아는 다른 사람들은 그가 보이지 않으면 어떤 반응을 보일까요? 그다음 이야기가 사뭇 궁금합니다.

카프카의 다른 소설 《성(城)》도 첫 문장이 유명합니다.

늦은 저녁에야 K는 도착했다. 마을은 깊이 눈에 파묻혀 있었다. 성이 있는 산은 조금도 보이지 않을 뿐더러 성은 안개와 어둠에 싸여 있었다.

—카프카, 《성》

성 아래 도착한 K는 토지 측량기사입니다. 그는 의뢰받은 일을 위해 '성' 아래 마을에 도착합니다. 이야기는 좀 복잡하게 전개됩니다. 소설이 미완성된 이유도 있지만 K는 끝내 '성'에 가지 못합니다. 그 주위를 헤맬 뿐이지요. 첫 문장에 '성은 안개와 어둠에 싸여 있었다'

는 표현은 '성'에 가는 것이 쉽지 않거나 불가능하다는 것을 암시합니다.

가와바타 야스나리의 《설국》은 첫 문장을 읽고 나면 독자들은 '눈의 나라'라는 몽환적 분위기에 빠져들고 맙니다. 소설의 배경, 유자와에서 벌어지는 일들은 현실감이 없어 보입니다. 또렷한 것이라곤 하나도 없습니다.

> 국경의 긴 터널을 빠져나오자, 눈의 나라였다. 밤의 밑바닥이 하얘졌다. 신호소(信號所)에서 기차가 멎었다.
>
> ─가와바타 야스나리,《설국》

장정일의 《아담이 눈뜰 때》는 2005년 출간되었습니다. 1990년대가 가고, 새로운 세기가 시작된 2000년대를 맞이한 젊은이의 가치는 무엇일까요? 열아홉 살 남자 주인공 '나'가 갖고 싶은 것들을 보면 짐작할 수 있습니다. 타자기와 뭉크 화집과 턴테이블. 산업화와 민주화 과정을 지나 전 세대에 비해 풍요 속에서 성장한 젊은이는 분명 이전 세대와 다른 가치를 갈망하고 있다는 것을 첫 문장을 통해서도 알 수 있습니다.

> 내 나이 열아홉 살, 그때 내가 가장 가지고 싶었던 것은 타자기와 뭉

크 화집과 카세트 라디오에 연결하여 레코드를 들을 수 있게 하는 턴테이블이었다. 단지, 그것들만이 열아홉 살 때 내가 이 세상으로부터 얻고자 원하는, 전부의 것이었다.

—장정일,《아담이 눈뜰 때》

'나'는 기억상실증에 걸려서 자신의 과거를 모릅니다. 아주 작은 단서를 가지고 과거를 탐험해가는 것이 이 소설의 줄거리입니다. 그가 과거에 살았던 '어두운 상점들의 거리'로 떠나기까지 그는 살아 있지만 '과거가 없는' 마치 유령 같은 인간입니다. 그런 그의 정체를 이렇게 잘 드러내는 문장이 또 있을까요?

나는 아무것도 아니다. 그날 저녁 어느 카페의 테라스에서 나는 한낱 환한 실루엣에 지나지 않았다.

—파트릭 모디아노,《어두운 상점들의 거리》

이러한 첫 문장들은 뒷부분을 읽으면 왜 이 문장들이 좋은 첫 문장으로 꼽히는지 더 잘 알 수 있습니다. 소설의 첫 문장은 앞으로 전개될 사건에 대한 실마리나 궁금증이 담겨 있는 것이 좋습니다. 독자들을 끌고 갈 힘이 있어야겠죠. 자서전의 첫 문장도 소설의 그것과 크게 다르지 않습니다.

대학생 글쓰기 특강에 '첫 문장 쓰기' 강의를 넣습니다. 첫 문장은 마음에 드는 이성을 만났을 때 말을 거는 느낌으로 쓰라고 주문합니다. 학생들에게 상상해보라고 합니다. 지금 바로 앞에 이상형이라고 생각한 여성(남성)이 있다고. 맨 처음 무슨 말을 건네야 최소한 호감을 가질 수 있을까요?

대답은 각양각색입니다. 어떤 여학생은 "시간 있으면 커피 한 잔 하실래요?"라고 대답했습니다. 세상에 아직도 이렇게 고전적 방법으로 접근하려는 학생이 있었습니다. "딱 내가 생각했던 이상형인데 저랑 데이트 한 번 하시죠"라고 말하겠다는 학생도 있었습니다. 이건 너무 노골적으로 감정을 드러냈다는 느낌이 듭니다. "제가 백합을 좋아하는데 백합 같은 이미지를 가졌군요?" 이렇게 말을 걸겠다는 학생도 있었습니다. 이건 약간 느끼하다고 했던 것 같습니다. 별별 이상한 말이 많이 나왔는데 제가 점수를 후하게 준 대답은 이런 내용이었습니다. "무슨 향수 쓰세요? 향이 아주 맘에 드는데요"였습니다. 물론 이 상황 가설은 개인의 취향이 결정적인 역할을 하기 때문에 어떤 접근법이 좋은지 해답은 없습니다. 다만, 첫 문장은 직접적이지 않으면서도 약간 중의적인 것이 좋습니다. 그것이 어려우면 사실을 진술하는 것이 좋습니다. 예를 들면, '그날 나는 남동생과 고향으로 내려가고 있었다' '그 일이 일어난 것은 내가 중학교에 입학하고 얼마 지나지 않았을 때다'와 같은.

어떤 문장이 첫 문장으로 좋을까는 해답이 없습니다. 하지만 좋은 첫 문장은 분명 있고, 첫 문장이 중요한 것도 사실입니다. 글을 많이 읽고 쓰는 과정에서 직관적으로 어떤 첫 문장이 좋은지 터득하게 됩니다. 최소한 좋은 첫 문장을 쓸 수는 없어도 좋은 첫 문장을 알아보는 눈이 생깁니다. 그리고 머지않아 마음에 드는 첫 문장을 쓸 수 있을 것입니다.

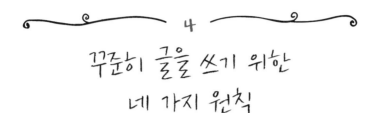

4
꾸준히 글을 쓰기 위한
네 가지 원칙

*

규칙적으로 쓰기 위해서는 몇 가지 원칙을 만들어야 합니다. 다음은
그 원칙을 지키며 무조건 써야 합니다.

　글을 쓴다는 것은 생각을 글로 옮긴다는 말입니다. 따라서 생각을
한다면 누구든 글을 쓸 수 있습니다. 바꿔 말하면 생각하지 않으면
글을 쓸 수 없습니다.

　작가는 다른 사람들보다 영적(靈的)으로 발달해서 가끔 '영감'이란
걸 받아서 글을 쓰는 사람이라고 하는 사람도 있습니다. 그런 작가가
있다는 말을 못 들어봤지만 만약 있다면 영감이 오기만을 기다려야
하고 만약 영감이 오지 않으면 글쓰기를 그만둬야만 합니다. 영감이
란 게 있다면 아마 글을 쓰기 위해 끊임없이 생각하고, 준비하는 가
운데 언뜻 찾아올 수도 있습니다. 결국 영감이라는 것도 노력하는 가

운데 찾아오는 것일 테지요. 아무리 고민하고 준비해도 꼭 찾아온다는 보장은 없지만 말입니다.

꾸준히 글을 쓰기 위해서는 어떻게 해야 할까요? 앞에서 글을 쓰는 다양한 방법에 대해 말했지만 막상 쓰기 시작하면 여러 가지 어려움에 직면합니다. 처음엔 한달음에 책 한 권을 쓸 것 같았지만 책 한 권 분량의 원고를 쓰는 것이 만만한 일이 아님을 금방 절감합니다. "내 이야기를 책으로 쓰면 서너 권 분량은 족히 넘어요"라고 호언장담했던 분들도 몇 꼭지 쓰고 그다음은 어떻게 할지 막막해합니다.

우선 무조건 써야 합니다. 그렇다면 무조건 쓰기 위해 어떻게 하면 좋을까요?

첫째, 매일 일정한 시간을 정해두고 쓸 것을 권합니다.

다른 글쓰기도 비슷합니다만 자전적 글쓰기도 꾸준히 써야 점점 자기의 모습에 가까이 접근할 수 있습니다. 데생에 비유하자면 한 편의 글이 연필 한 획과 비슷합니다. 한 획 한 획이 모여서 점점 어떤 형상을 만들어갑니다. 한동안은 구체적인 형상이 만들어지지 않습니다. 무의미한 획처럼 보이거나 쓸데없는 낙서처럼 보이기도 합니다. 그것이 조금씩 형태를 갖추기 시작하고 점점 또렷해지는 과정을 거칩니다. 자전적 기억을 책으로 엮을 만한 분량이 되면 기억의 주인공이 어떤 모습인지 확연히 알 수 있습니다. 거기까지 가기 위해 꾸준한 글쓰기가 필요합니다.

둘째, 하루 15분이면 충분합니다.

몇 시간 꼼짝하지 않고 글을 쓰는 것은 글쓰기 근육이 단련되면 가능해집니다. 그때까지 매일 조금씩 근육을 키워가는 것이 중요합니다. 매일 일정한 시간에 글을 쓰되 15분만 할애하십시오. 15분이 너무 짧다고요? 강의 시간에 딱 15분 동안 글을 쓰는데 대부분의 사람이 A4 한 장을 채웁니다. 물론 그게 완성된 원고는 아닙니다. 우리에게 필요한 것은 일단 많은 기억을 끄집어내는 일입니다. 틈틈이 쓰고 싶은 글감을 메모해뒀다가 그중 하나를 글쓰기 직전에 결정해서 즉석에서 떠오르는 생각을 쓰면 됩니다. 앞서 말씀드린 '마구 쓰기' 방법으로 쓰면 됩니다. 키친 타이머나 핸드폰 타이머를 이용해서 시간을 재면 됩니다. 15분이 되면 펜을 놓고 노트를 덮습니다. 매일 하는 것이 중요합니다.

셋째, 질문을 만듭시다.

무엇보다 어떤 내용의 글을 쓸까 고민해야 합니다. 생각이 글에 집중되어 있으면 어디를 가든지, 무엇을 하든 글과 연관된 생각이 떠오릅니다. 글은 하늘에서 뚝 떨어지지 않고 생각에서 나옵니다. 따라서 글에 대해 많이 생각하고, 고민하는 자세가 필요합니다. 이런 고민을 질문으로 만들어봅시다. 따지고 보면 자전적 글쓰기에서 강사가 하는 일은 질문을 던지는 것입니다. '여러분 인생의 변곡점이라 할 만한 사건은 무엇인가요?' '삶에서 여러분에게 위로가 되는 장소가 있나요?' '별명이 있다면 별명이 만들어진 동기나 별명에 얽힌 일화를 들려주세요' 등처럼 말이지요.

넷째, 열심히 메모합시다.

열심히 생각할 각오가 되었다면 그다음은 그 생각을 꼭 메모해야 합니다. 질문 만든 것도 메모하고, 새로운 글감이 떠오르거나 불현듯 문장이 떠오르면 곧바로 메모하는 것이 좋습니다.

메모를 잘해서 성공한 사람들의 이야기를 들어보면 몇 가지 팁이 있습니다. 먼저 어디서든 메모할 준비를 하는 것입니다. 생각은 쉽게 휘발되고 한번 날아가버린 생각을 잡기란 어렵습니다. 메모지와 볼펜을 가지고 다니면 좋지만 그렇지 못한 경우엔 우리 손에 늘 쥐어져 있는 핸드폰을 활용하면 됩니다. 메모장을 열고, 단서가 될 만한 단어 하나라도 적어놓으십시오. 단어 하나만 있어도 나중에 생각을 따라갈 수 있습니다. 천재는 타고 나는 것이 아니라 문득 떠오른 기발한 아이디어나 생각을 잘 붙잡는 사람입니다.

메모의 방식은 각자 편한 방법으로 하면 됩니다. 저는 메모 맨 앞에 날짜와 장소를 써둡니다. 만약, 책 원고에 필요한 거라면 책 원고 어디에 들어가면 좋을지도 적어둡니다. 자전적 글쓰기에 해당하는 메모라면 '인생 중반의 변곡점' '최초의 기억' 등으로 기록해두면 훨씬 도움이 됩니다.

바쁘게 살다 보면 틈틈이 메모하기가 쉽지 않습니다. 그럴 땐 하루 중 일정한 시간을 두고 메모하는 것도 좋습니다. 자기 전에, 아침에 일어나자마자, 아니면 지하철이나 버스를 타고 이동하는 중에, 친구를 기다리는 카페에서 등 생각날 때 아무 때나 수첩을 펼쳐서 간단하게 메모하는 건 어떤가요? 오늘 읽었던 책 제목이나 감상, 오늘 본 영화 제목과 배우 이름, 만난 친구, 지나간 사람에 대한 스케치, 식당에서 곤드레밥을 먹을 때 생각난 일, 마트에서 우연히 만난 동네 친구… 어떤 메모라도 괜찮습니다. 메모하는 순간 생각나는 걸 써두면 됩니다. 메모가 신기한 건 그 짧은 메모가 나중엔 에세이가 되고, 소설이 됩니다.

작가 천명관은 한 인터뷰에서 《고래》라는 소설을 쓰게 된 동기가 어느 날 길가에서 마주쳤던 덩치 큰 소녀에게 느꼈던 슬픔에서 비롯되었다고 밝힌 바 있습니다. 작가는 길에서 스쳐지나친 '한 소녀'에게서 느낀 감정을 버리지 않고 포착하여 무려 450여 쪽이나 되는 소설을 썼습니다.

고바야시 히로유키의 《하루 세 줄, 마음정리법》을 보면 '메모'의 효과가 엄청나다는 것을 알 수 있습니다. 소위 '세 줄 일지'라고 불리는 메모 방법입니다. 매일 잠자기 직전 하루 일을 생각하면서 기분이 안 좋았던 일 – 좋았던 일 – 내일의 목표 순서대로 쓰면 됩니다. 한 줄씩, 세 줄만 쓰면 됩니다. 글을 쓰는 건 세 줄에 불과하지만 이 세 줄을 쓰기 위해 하루의 일을 저절로 재생해보겠지요.

어떤 방법이든 상관없습니다. 각자 형편에 맞는 방법으로 오늘부터 실천하는 것이 중요합니다. 소박하고 간단한 것부터 실천해봅시다.

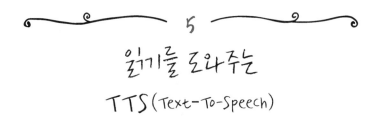

5
읽기를 도와주는
TTS (Text-To-Speech)

*

TTS 기능은 컴퓨터 프로그램을 통해 문장(텍스트)을 사람의 목소리로 구현해주는 것을 말합니다. TTS 기능을 책 읽기나 퇴고하기에 활용할 수 있습니다.

글을 쓰다 보면 욕심이 생깁니다. 좀 더 좋은 글을 쓰고 싶다는 욕심입니다. 당연한 욕심이고 누구나 가지는 고민입니다. 그렇다면 더 좋은 글을 쓰기 위해 어떻게 해야 할까요?

이 질문의 답도 우리는 잘 알고 있습니다. 많이 읽고, 많이 생각하고, 많이 써야 한다는 것 말입니다. 하지만 무작정 많이 읽고, 많이 생각하고, 많이 쓸 수 없는 노릇입니다. 글을 쓰는 것이 직업인 사람들도 무턱대고 읽고, 쓰진 않습니다. 읽는 것도 선택해야 하고 쓸 시간도 한정적이기에 효율적으로 사용해야만 합니다.

우선 읽기에 대해 생각해봅시다. 쓰기 위해서 왜 읽어야 할까요?

다른 사람의 글을 읽는 것은 글쓰기 향상을 위한 지름길입니다. 다른 사람들의 글을 읽으면 글을 보는 눈이 생깁니다. 좋은 글을 쓰려면 어떤 글이 좋은 글인지 알아보는 눈이 필요합니다. 이 '눈'은 읽기 과정을 통해 자연스럽게 터득하게 됩니다. 지식을 얻는 것은 물론이고, 굳이 의식하지 않아도 자연스러운 문장의 구조나 어휘 사용, 적절한 표현법을 익히게 됩니다. 읽기가 쓰기와 병행되어야 더 효과적입니다만 일단 많이 읽어야 합니다.

　다른 사람의 글을 많이 읽으면 도움이 된다는 것을 잘 알면서도 책을 읽기 어렵다는 고민을 종종 듣습니다. 책을 읽는 것은 시간의 여유도 있어야 하지만 마음의 여유도 있어야 하고 무엇보다 습관이 중요합니다.

　책을 읽으려면 우선 한 자세를 유지하며 눈에 보이는 문장을 차근차근 해독해야 합니다. 눈은 책 속의 글자를 보고, 뇌는 그것을 해독합니다. 이걸 적어도 꽤 오랜 시간 유지해야 책 한 권을 읽어낼 수 있습니다. 드라마나 영화를 보는 것과는 다릅니다. 드라마나 영화는 내 의지와는 상관없이 화면 속 장면이 바뀝니다. 물론 뇌에서 보이는 정보를 처리하지만 문자를 해독하는 것보다는 훨씬 쉽습니다. 보여주는 게 많기에 굳이 상상하지 않아도 됩니다. 귀에 들리는 말을 해독하며 스토리를 따라가면 그만입니다. 하지만 책 읽기는 자세를 유지하는 것부터 문장 해독에 이르기까지 쉬워 보이지만 결코 쉽지만은 않은 과정입니다.

책 읽기 방법을 다양화하면 좀 더 효과적으로 책을 읽을 수 있습니다. 그 방법 중 하나가 TTS(Text To Speech) 기능을 활용하는 것입니다. TTS는 우리말로 '음성 합성 시스템'이라고 부르는데 컴퓨터의 프로그램을 통해 사람의 목소리를 구현해내는 것으로, 성우 없이도 거의 모든 단어와 문장을 음성으로 변환할 수 있습니다. 물론 사람의 음성만큼 자연스럽지는 않지만 의미를 전달하는 데는 충분합니다.

강의를 하다 보면 책 읽기가 어렵다고 호소하는 분이 많습니다. 직장일이나 집안일 때문에 시간에 늘 쫓기기도 하고, 책 읽는 습관이 잘 들어 있지 않아서 긴 시간 집중하기 어렵습니다. 또, 어떤 분은 노안이 와서 한 시간만 읽어도 눈이 흐릿해지고 눈물이 난다고 합니다. 이런 분들은 TTS를 활용하면 많은 도움이 됩니다. 자동으로 책을 읽어주기 때문에 사람의 의지와 상관없이 진도를 나갈 수 있습니다. 뿐만 아니라 지하철이나 버스 안에서, 산책을 하면서도 들을 수 있습니다. 읽기 속도도 설정할 수 있어 자기의 독서 능력에 맞게 속도를 조절해서 들을 수도 있습니다. ebook은 대부분 이 기능을 지원하고 점차 확대되는 추세입니다. 핸드폰으로 도서관 앱에서 ebook을 대여하고 바로 사용할 수도 있습니다. 대형 인터넷서점에서 ebook을 구매하거나 ebook 전문회사 '리디북스'를 통해서 TTS 기능을 활용할 수도 있습니다.

책을 가까이 한다는 것은 인생의 좋은 친구를 곁에 두는 것과 비슷합니다. 외로울 때, 심심할 때, 조언이 필요할 때, 문제를 해결해야 할 때, 좀 더 좋은 글을 쓰고 싶을 때, 친구를 만나듯 책을 만나면 됩니다. 책은 친구를 대할 때처럼 감정을 살피지 않아도 됩니다. 필요할 때만 찾는다고 삐지지도 않습니다. 그리고 늘 변함없이 기다려줍니다. 이야기가 듣고 싶으면 한없이 떠들어주기도 합니다. TTS기능으로 말입니다. 세상에 이보다 더 좋은 친구가 어디 있을까요?

핸드폰 TTS 기능은 글을 퇴고할 때 사용할 수도 있습니다. 얼마 전 이 기능을 퇴고에 사용한다는 한 작가의 이야기를 듣고 귀가 솔깃해졌습니다. 그다음 날 당장 사용해봤는데 효과가 좋습니다.

원고를 어느 정도 쓰면 그 원고를 자신의 메일 계정으로 보냅니다. 그리고 산책을 하거나 운전을 하거나 전철을 타거나 들으며 뭔가를 할 수 있을 때, 메일 내용을 전체 블록 설정하고 아이폰의 경우 시리(siri) 기능으로 '읽기'를 선택하면 됩니다. 자기가 썼던 글이기 때문에 책을 듣는 것보다 귀에 쏙쏙 잘 들어옵니다. 들으면서 어색한 문장이나 부적절한 어휘 등을 체크하면 됩니다. 쓴 글을 들으면 눈으로 보는 것보다 더 확실하게 고쳐야 할 부분이 어딘지 알 수 있습니다. 무엇보다 자투리 시간을 활용한다는 점에서도 이용해 볼만 합니다.

이제 책을 귀로 들읍시다. 퇴고를 책상 앞에서만 하지 말고 공원에서 해바라기를 하며 해봅시다.

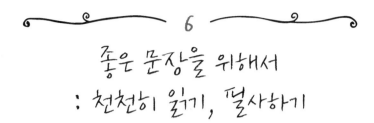

6

좋은 문장을 위해서
: 천천히 읽기, 필사하기

*

글쓰기 근육 키우기는 머리가 아니라 손으로.

소설 습작기에 가장 많이 들은 말 중 하나가 '소설은 문장이다'라는 말입니다. 매우 단순한 문장이지만 이 말을 터득하기에는 지난한 과정이 필요했습니다. 이것은 소설에만 해당하는 말이 아닙니다. 대부분의 산문 쓰기에서 꼭 필요한 미덕입니다. '모든 글의 시작은 문장이다'라고 말할 수 있습니다. 산문에서 문장은 마치 공기와 같습니다. 공기는 항상 꽉 차 있지만 우리가 의식하지는 않습니다. 하지만 매우 중요합니다. 문장이라는 것이 산문을 이루는 요소이지만 그것을 자유자재로 부리는 훈련이 필요합니다.

그렇다면 좋은 문장이란 무엇일까요? 이 말만큼 막연한 말이 없습니다. 좋은 문장의 요건은 너무 많기 때문입니다. 문장이란 홀로 존재하는 것이 아니라 앞뒤 문장과 긴밀하게 연결되어 있기 때문에 더욱 좋은 문장을 설명하기 어렵습니다. 하지만 명료하고 정확한 문장이 좋은 문장의 필요 요건인 것만은 확실합니다.

자전적 글쓰기가 처음에는 이야기만 풀어내면 될 것 같았는데 쓰다 보면 여러 한계를 느낍니다. 같은 이야기라도 좀 더 정확하게 잘 전달하기 위해 고민합니다. 내용이든, 의미든, 감정이든 아무튼 전달하고자 하는 것을 잘 전달하기 위한 모든 것을 흔히 '문장'이라고 부릅니다. 이야기를 줄줄이 풀어놓고 나면 당연히 효과적인 전달 방법에 대해 고민하게 됩니다.

이런 고민을 하고 있다면 이제 글쓰기의 즐거움을 알게 될 문 앞에 다다른 것입니다. 그 문을 여는 가장 좋은 방법은 좋은 문장을 쓰는 사람의 글을 모방해보는 일입니다. 책을 천천히 읽거나 다른 사람의 글을 필사해보는 것이지요. 글을 천천히 베껴 쓰는 필사는 결국 극단적으로 천천히 읽는 방법입니다. 그러니까 글쓰기의 즐거움으로 들어가는 문을 여는 방법은 딱 한 가지로 모아지네요.

천천히 읽기.

천천히 읽으면 문장의 구조, 사용하는 단어, 글의 리듬, 문장의 호흡 등등 흔히 글쓰기에서 말하는 여러 항목을 저절로 익힐 수 있습니다. 분석할 필요도 없고, 분석이 오히려 방해가 됩니다. 좋은 글을 천천히 읽어봅시다. 문장 호흡과 리듬을 느끼려면 소리 내어 읽어보는 것도 추천합니다. 시만 리듬이 있는 것이 아니라 산문에도 리듬이 있습니다. 소설가들이 마지막 퇴고 과정에서 소리 내 읽어본다는 것은 여러 가지 시사점이 있습니다.

좋은 문장을 터득하게 되면 분명 여러분의 이야기를 보다 잘 전달할 수 있습니다. 좋은 문장을 얻기 위해 문고리를 잡고 문을 힘껏 밀어봅시다.

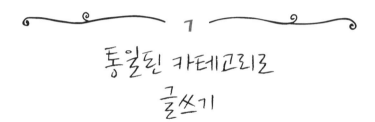

통일된 카테고리로 글쓰기

*

삶을 관통하는 사건이나 소재를 가지고 각 시기별 변화를 보여줄 수 있습니다. 하나의 연결 고리로 여러 사건을, 긴 시간을 보여줄 수도 있습니다.

지금까지 글을 한 장면으로 썼다면 오늘은 좀 다른 방법으로 쓰는 방법에 대해 알아보겠습니다. 글의 소재를 통일된 카테고리로 묶어서 쓰는 방법입니다. 여러분의 삶을 관통하는 사건이나 소재를 가지고 각 시기별 변화를 보여주는 이 방법은 한 사람의 성격이나 특징을 드러내기 좋다는 장점이 있습니다.

카테고리로 글쓰기는 글 한 꼭지를 쓸 수 있을 뿐만 아니라 여러 꼭지의 글을 모아 한 장으로 만들 수도 있습니다. '가족' '친구' '취미' '음식' '만년필' '프랑스 자수'라고 제목을 붙이고 그 아래 일화를 모아보는 것도 재밌을 것 같지 않나요? 지금은 다양한 소재, 다양한 방향으로 글을 쓰지만 책으로 묶을 때가 되면 과정이든 순서든 카테고리든 썼던 글들을 묶어야 할 때가 옵니다.

다음 글을 보면 통일된 카테고리로 글쓰기가 어떤 것인지, 어떻게 시작하면 좋을지, 어떻게 접근할지 쉽게 이해할 수 있습니다.

독학! 그 더딤과 잔인한 깨우침에 대하여

드럼, 일본어, 테니스, 시 쓰기, 기타, 사진, 골프, 색소폰, 배드민턴….
나의 독학(獨學) 목록들 중 일부이다. 그중 몇 가지는 자의반 타의반 그만뒀다.

오래전 **드럼**을 쳤었다. 집 가까이에서 연습실을 찾기가 어려워서 그만두었다. 웃으며 시작해서 울면서 나온다는 게 **일본어**다. 1년간 하다가 자학(自虐)하며 두 손 들었다.

1987년 서울올림픽을 계기로 서머타임제가 시행되었다. 퇴근 후에도 너댓 시간은 훤했다. 매일 땡볕에서 **테니스**와 씨름했다. 오랜만에 만난 친구 녀석 왈, "야! 너 콩고 사람 같다." 빤질빤질 새까맣게 탄 얼굴이 그렇게 보였나보다. 테니스 엘보가 와서 접었다. 4년 전 일이다.

초등학교 때 백일장 **시 쓰기**에서 장원을 했다. 스테인리스 밥그릇 세트를 상품으로 받았다. 스테인리스 그릇이 귀할 때였다. 장가갈 때 어머님이 내놓으셨다. "자랑으로 갖고 있었는데, 이젠 너에게 주마"라며 며

느리에게 건네셨다.

내겐 습작시 노트 한 권이 있다. 한 권만 제본할 생각이다. "나 죽으면 관 속에 넣어달라"고 아들에게 말해두었다. 배움 없이 쓴 글이라 세상에 내놓기는 부끄러운 졸작들이다.

고등학교 때 친구에게 **기타**를 배웠다. 음계와 기초주법만 가르쳐달라고 했다. 악보 한 소절에 냉막걸리 한 병씩 샀다. 지문이 닳도록 연습했다. 벤처스의 〈상하이 트위스트〉를 더듬거릴 정도는 되었다. 그 후 20년 넘게 기타를 놓았다. 작년 생일날 장모님께서 기타를 선물하셨다. 65만 원짜리! 가끔 쳐보지만 손이 무디다. 다시 초보다.

1980년 처음 **카메라**를 샀다. 들로, 바다로 허구한 날 싸돌아다녔다. 조리개와 셔터 조작할 줄을 몰라 주로 자동 모드로만 찍었다. 몇 해 전에 모(某) 신문사 사진 공모에 응모했다. 운 좋게 채택되어 짧은 글과 함께 실리기도 했다. 그런 나를 '사진작가'라고 불러주는 사람도 있다. 듣기 좋으라고 하는 말인 줄은 안다. 그래도 듣는 나는 마냥 자랑스럽다.

1998년 **골프채**를 처음 잡았다. 햇수로 17년이다. 책과 동영상만 보고 죽어라고 연습했다. 늑골에 금이 가고 손바닥이 벗겨졌다. 구력일까? 싱글 수준은 된다. 원 언더파가 최고 성적이다. 홀인원도 두 번 했다. '골프 신동'이라는 말도 들었다(골프 치는 사람은 누구나 한 번쯤 듣는 말이다). 올 8월에는 무려 15일을 골프장에서 살았다. 미쳤다. 그 더위에!

색소폰, 한국 중년 남자들의 로망이다. 작고한 가수 조미미의 〈먼 데서 오신 손님〉에 저음의 색소폰 전주(前奏)가 있다. 언젠가 따라해보고 싶었다. 중학생 때다. 2년 전에 색소폰을 샀다. 동호회 회장에게 발성법과 운지법만 배웠다. 6개월간 매일 너댓 시간씩 허기가 지도록 불고 또 불었다. 요즘은 악보를 보면 웬만한 곡은 더듬거릴 정도는 된다. 동호회 장이 그랬다. "행사 나갈 때 같이 안 가실랍니까? 제가 연주하다 힘들 때 대신…" 물론 농담이다.

요즘도 매일 연습실에 들른다. 즐겨 연습하는 곡은 〈해변의 길손〉이다. **배드민턴**은 넉 달 전에 시작했다. 북악스카이웨이 옆에 성북배드민턴 동호회 코트가 있다. 걸어서 30분 거리다. 매일 새벽 몇 게임 하고 나면 온몸이 땀으로 흥건하다. 코트를 향하는 발걸음은 늘 흥분된다. 운동 끝나고 두부김치 따위를 안주해서 마시는 막걸리 맛 때문일까?

새벽 다섯 시 반. 어김없이 잠을 깼다. 라켓을 챙기면서 밖을 보니 어이쿠! 비가 온다. 요즘은 일기예보가 왜 이렇게 잘 맞지? 오늘 배드민턴 은 글렀구먼. 갑자기 막막해진다.

독학은 더디다. 그리고 잔인하다. 그러나 독학으로 깨우치는 즐거움은 비길 데가 없다. 나는 오늘도 독학거리를 찾아 두리번거린다. 먹을거리 를 찾는 똥개처럼!

글에서 굵은 글씨체로 처리된 단어들은 원래 원고 그대로입니다. 글쓴이는 독학한 목록들을 모두 모아서 하나의 글을 만들었습니다. 이 글을 쓰신 분은 독학한 것이 제법 많습니다.

글의 내용은 어떤 것을 배우기 시작한 계기, 배워가는 즐거움, 독학의 방법, 독학의 몰입 등 다양합니다. 처음부터 재밌는 어투로 글을 끌고 갑니다. 글의 끝에 이르러서 그동안 독학을 통해 깨달은 점을 천연덕스럽게 늘어놓습니다. '독학은 더디다. 그리고 잔인하다. 그러나 독학으로 깨우치는 즐거움은 비길 데가 없다.' 이렇게 말입니다. 누구나 독학을 해본 기억이 있다면 이 대목에서 고개를 끄덕일 테지요. 배우고 싶었는데 미뤄뒀던 것을 독학으로 시작해볼까 결심할지도 모릅니다. 독학은 더디고 잔인하다고 말했지만 결국 그 '즐거움'에 대해 말하고 있으니 말입니다.

인생의 어느 한 시기에 몰두했던 것이 있습니까? 아니면, 포기했다가 미련이 남아 다시 시작한 것이 있습니까? 그만뒀던 시간과 다시 시작한 시간을 연결해서 글을 써보면 재밌는 이야기가 되지 않을까요?

글의 힘은
'퇴고'에서 나온다

전체 흐름에 따라
재구성하기

*

무심코 따라 걷게 되는 전시회 동선에도 그 안에는 스토리가 숨겨져 있습니다. 각각의 글이 또 하나의 이야기가 될 수 있게 배치해보세요.

아무리 설계도가 완벽하다고 해도 집을 짓다 보면 도면과는 다른 선택을 해야 하는 경우가 있습니다. 글을 쓰는 것은 집을 짓는 일보다 훨씬 유동적입니다. 초고를 쓰고 고치면서 삽입과 삭제를 거듭해야만 합니다. 처음 글을 쓸 때의 기분과 감정이 변해서 퇴고할 때 맨 처음 원고와 완전히 다른 글로 고치는 경우도 있습니다. 그것이 어떤 변화든 모두 바람직합니다. 글의 내용이 변한 것도, 과감하게 버리는 것도, 이런 내용까지 쓸 필요가 있나 의심하면서도 쓰고 싶어서 쓴 글들도 모두 자기 안에서 일어나는 일이라면 따라가면 됩니다. 변화는 당연한 것입니다.

글쓰기에서 완벽함이란 없습니다. 얼마든지 자유로울 수 있습니다. 자유롭게 쓰고 나서 정리할 때 잘 묶으면 됩니다. 그때그때 주어진 글감으로 글을 썼지만 이것을 묶을 때 또 다시 고민을 해야만 합니다. 글들을 묶고 나누는 일은 그동안 거칠게 작업해놓은 글을 섬세하게 다듬는 과정입니다.

글 전체의 흐름을 재구성할 때 앞에서 활용해본 섹션 카드를 사용하는 것이 좋습니다. 카드에 지금까지 쓴 글의 제목을 씁니다. 먼저 고민할 것은 글을 범주화시키는 일입니다. 범주화할 기준을 잡고 그 아래에 썼던 글들을 배치하는 것이 더 효율적입니다. 글감을 나누는 기준을 다양하게 설정해도 됩니다. 인생 주기, 장소, 취미, 인물 등 기준을 정하면 그 아래 세부적으로 분류할 수 있습니다.

예를 들어 '인물'로 기준을 삼고 범주화했다면 각 장의 제목을 이렇게 붙일 수 있습니다. 제1장 나를 지탱시킨 힘 '가족', 제2장 삶을 함께한 사람들 '친구', 제3장 변화의 힘 '그 밖의 사람들'. 이런 식으로 묶으면 됩니다. 인생 주기를 사용한다면 함께 인생의 변곡점을 중심에 두고 묶을 수 있겠네요. 범주화는 기준만 명확하다면 얼마든지 다양하게 활용할 수 있습니다. 오디오 기기에 심취한 적이 있다면 '음악'이나 '오디오'를 하나의 장으로 설정하고 그에 관련된 글들을 모으면 됩니다. 스포츠도 재밌는 내용이 될 수 있습니다. 얼리어댑터라면 그동안 사용한 기기들에 대한 평을 작성해서 한 챕터를 만들어도 흥미로울 듯합니다. 수집품은 어떤가요? 피규어나 구체관절인형 같은 컬트적인 취미는 다른 사람들에게 호기심도 줄 수 있습니다. 이렇게 범주화를 하고 원고를 분류해보면 각 장의 균형이 잘 맞지 않습니다. 어떤 장은 원고가 많은데 다른 장은 글감이 하나밖에 없을 수도 있습니다. 각 장의 분량이 똑같을 필요는 없지만 어느 정도 균형을 맞추는 것도 나쁘지 않습니다. 정리해놓으면 어떤 부분을 더 채워야 할지 바로 알 수 있습니다. 이제 부족한 부분에 대해서 더 글감을 찾고 글을 써야 할 단계입니다. 이 단계까지 오면 그동안 생각하지 못했던 글감이 생각나기도 하고, 새로운 아이디어가 떠오르기도 합니다.

새로 쓴 글감도 섹션 카드를 만듭니다. 글을 쓸 때마다 카드가 하나씩 늘어납니다. 새로운 카드가 생기면 카드들을 늘어놓고 다시 배열해보십시오. 더 좋은 아이디어가 있을 수 있으니까요. 글감 하나하나에 대한 글도 생명력을 가지고 꿈틀거리지만 각 장의 구성도 하나의 이야기처럼 배열되면 더 좋습니다. 물론 이것이 확장되어 책 전체가 유기적으로 결합된다면 더 바랄 게 없겠지요. 전체 흐름을 고려한 이야기 재배열의 과정은 몇 번이고 되풀이해도 됩니다. 고민하면 고민한 만큼 자신이 의도한 책에 가까워집니다.

전체 이야기를 만들어봅니다. 흐름에서 벗어난 장면이 있다면 재배열하거나 수정하면 됩니다. 어떤 원고는 빼도 됩니다. 힘들게 썼던 원고를 버리는 것은 쉽게 내키진 않지만 꼭 필요한 과정이기도 합니다. 버릴 때 과감하게 버리십시오. '버리는 글들' 이렇게 파일 하나를 만들어 거기 담아두면 됩니다.

　출판 계약을 하고 나서 정식 출판을 앞두면 이 과정은 편집자와 다시 논의하게 됩니다. 여기서 전체 흐름을 재구성하는 일은 글쓴이의 의도에 따라서 전체 원고를 검토해본다는 데 의미가 있습니다. 넓게 펼쳐놓고 빠진 부분이 없나, 처음 글쓰기 의도에서 지나치게 벗어난 글은 없나 가늠해보는 단계입니다.

2

퇴고하기

(1)

*

퇴고(推敲)하기를 통해 글은 다시 태어납니다. 이 과정에서 글의 완
성도가 판가름 납니다. 퇴고야말로 진정한 글쓰기의 시작입니다.

진정한 글쓰기는 퇴고에서부터 시작된다는 말이 있습니다. 실제로
글은 퇴고 과정을 거치면서 비약적으로 변화합니다.

습작기 때 겪은 재미있는 얘기를 들려드리겠습니다. 써온 소설을
돌려 읽고 소설에 대해 하고 싶은 말을 하는 것을 '합평'이라고 합니
다. 글쓰기 훈련에서 흔히 사용하는 방법입니다. '합평'은 장점이 많
습니다. 우선, 강제로 글을 쓰게 하는 힘이 있습니다. 그리고 글을 보
는 눈을 기를 수 있고, 다른 사람의 평가를 들으며 소설을 어떤 방향
으로 고칠지 힌트를 얻기도 합니다. 열심히 쓴 소설을 합평에 냈는데
좋은 평을 받는 경우는 거의 없습니다. 대체로 동료들에게 엄청나게

깨지죠. 자기 글을 혹평하는 것을 견딘다는 건 다른 험담을 듣는 것보다 힘듭니다. 하지만 또 이를 악물고 잘 견딥니다. 다음엔 더 나은 소설을 쓰고 말거야, 라고 결심을 하면서 말이죠. 물론 이 과정을 견디지 못하고 그만두는 경우도 있습니다.

합평 시간에 혹평을 받았던 소설 중에서 신춘문예에 당선되거나 문예지 신인문학상 또는 상금이 많은 공모 문학상을 받은 소설이 많습니다. 객관적 통계자료는 없지만 많은 등단작이 합평의 과정을 거치고 퇴고를 통해서 세상과 만납니다. 그렇다고 합평 자리에서 논의된 소설이 퇴고를 거치지 않았다는 것은 아닙니다. 동료들에게 깨지지 않으려고 퇴고에 퇴고에 퇴고를 거듭하죠. 합평을 하고 나서도 또다시 퇴고를 합니다. 합평에서 나온 조언이나 쓴 소리를 바탕으로 고칩니다. 고친다고 모두 좋은 소설이 되는 건 아니지만 고치는 과정에서 그 소설은 깊어질 수밖에 없습니다. 오로지 좀 더 나은 소설을 완성해보겠다고 집중하니 생각하지 못한 아이디어가 떠오릅니다. 잊혀진 경험이나 기억이 불쑥 나타나기도 합니다.

이런 예는 비단 소설 쓰기에만 해당하는 것은 아닙니다. 글쓰기에서는 신물 나도록 원고를 들여다보는 끈기가 무엇보다 중요합니다. 그 과정에서 글의 완성도가 판가름 납니다. 극히 드물게 갑자기 뭔가가 반짝하고 다가와서 단숨에 단편소설 하나를 완성하는 기적이 일어나기도 합니다. 당첨될 확률이 매우 낮은 복권과 비슷합니다. 그건 없다고 생각하고 기대하지 않는 편이 낫습니다. 글은 고치는 것만큼 좋아진다고 믿고 읽고, 고치고 다시 읽고, 또 고치십시오.

글쓰기 이론에서는 퇴고하기의 세 가지 원칙을 말합니다. 첫째, 쓴 글에서 빠진 부분과 부족하다고 느껴지는 부분을 찾아 보완해야 합니다. 둘째, 불필요한 부분이 있거나 지나치게 많이 들어간 것들을 찾아 없애야 합니다. 셋째, 쓴 글의 순서를 바꾸었을 때 더욱 효과적일 부분이 없나 살펴보고, 구성을 변경해서 주제에 보다 효율적으로 다가가게 합니다.

퇴고의 과정도 몇 단계로 나눕니다. 글 수준 → 문단 수준 → 문장 수준 → 단어 수준으로 나누는 것입니다. 큰 범주에서 시작해서 점점 세부적인 범주로 좁혀가며 고치는 것이 일반적입니다. 이때 기준은 글 전체의 주제입니다.

그 외에도 문장 압축하기, 소리 내어 읽어보기, 모호한 부분 없애기 등 여러 가지 방법을 사용할 수 있습니다.

문단 단위부터 퇴고하라

하지만 막상 퇴고를 할 때는 이런 과정을 지키기 어렵습니다. 그래서 저는 퇴고를 두 단계로 나눠서 하기를 권합니다. 먼저 문단 단위로 퇴고한 후 글 전체 배열을 고려하는 방법입니다. 이 방법은 글을 쓰는 방법과 밀접한 관련이 있어서 퇴고가 수월할 뿐더러 효과적이기도 합니다.

문단은 다른 말로 '단락'이라고도 부릅니다. 문단이란 몇 개의 문장이 모여서 하나의 중심 생각(하나의 내용)을 나타내는 것입니다. 형식적으로는 행의 첫 칸이 공백입니다.(한글 워드프로세스에서는 커서 두 번 들여쓰기). 하나의 문단은 하나의 중심 문장과 여러 개의 뒷받침 문장으로 구성되어 있습니다. 하나의 생각을 효과적으로 명확하게 전달하는 게 목적입니다.

문단 단위의 퇴고는 문단이 무엇이고, 어떻게 구성되어 있는가만 알면 쉽습니다. 먼저 문단의 흐름이 자연스러운가 확인합니다. 그리고 문단에서 중심 문장이 있는지 찾고, 나머지 문장은 그 중심 문장을 향해 있는지 점검합니다. 중심 문장이 맨 앞에 오고 그것을 구체화시켜주는 뒷받침 문장이 뒤에 오는 것이 일반적입니다. 경우에 따라서 문단의 문장들이 병렬 구조로 배열되어 있기도 합니다.

퇴고의 과정도 문단 단위가 효율적이지만 글을 쓸 때도 문단 단위로 글을 쓰는 것이 길을 헤매지 않고 나아갈 수 있습니다. 단어, 문장 단위는 조금 좁고, 한 장이나 글 전체는 너무 넓습니다. 문단이라는 개념을 정확히 알고 훈련하면 의식하지 않아도 중심 문장이 하나인 문단 단위의 글을 쓸 수 있습니다. 나중에는 이것도 버릴 수 있습니다.

궁극적으로 글쓰기에는 법칙이란 게 없습니다. 지금 법칙처럼 배우는 것도 숙달되면 버릴 수 있습니다. 어느 순간, 문단이라는 걸 의식하지 않고 글을 썼는데 그 문단에 필요한 요소가 다 들어 있다면 그때부터는 자유롭게 글을 써도 됩니다. 거기까지 가려면 '기술'을 익히듯 훈련이 조금 필요할 뿐입니다.

문단 단위 글쓰기, 문단 단위 퇴고는 나중에 구성을 바꿀 때도 문단을 통째로 바꾸고 흐름이 자연스럽게 문장만 조정하면 된다는 장점이 있습니다.

퇴고하기

(2)

소설가들이 하루키를 부러워하는 이유 중 하나는 글을 맨 처음 읽어주고 코멘트해주는 사람, 아내가 있다는 사실입니다.

원고가 어느 정도 완성되면 가까운 친구나 전문적으로 글을 쓰는 사람에게 보여줄 것을 권합니다. 글을 객관적으로 보고 조언을 해줄 사람이 필요합니다. 글은 지극히 주관적인 결과물이지만 읽는 사람과의 공감도 매우 중요합니다. 생각이나 삶의 태도가 다르더라도 글은 설득력이 있어야 합니다. 그래서 퇴고의 과정에서 글을 객관화해야 합니다. 가장 쉬운 방법이 다른 사람에게 글을 보여주는 것이죠.

　뭐, 좋은 글이네. 잘 썼어. 이렇게 쓰느라 고생했겠는데. 이렇게만 말하는 사람이 아닌 다소 쓴 소리를 해줄 사람이 필요합니다. 그러려면 글을 쓴 사람이 다른 사람의 조언을 겸허하게 받아들이는 자세가 전제되어야 합니다. 조언 중 어떤 것을 받아들이고 어떤 것을 버리느냐는 글을 쓴 사람의 마음이므로 일단 다른 사람의 말을 들어보는 것이 좋습니다. 글쓴이가 놓쳤던 사소한 것들을 다른 사람은 금방 찾아낼 수 있습니다. 또, 전문적으로 글을 쓰는 사람은 어떤 요소를 더하는 것이 글의 내용을 풍성하게 하고 깊게 만드는지 조언해줄지도 모릅니다. 마음을 열고 귀를 기울이십시오. 이 과정도 자기를 성장시키는 데 큰 역할을 합니다.

우리는 자기의 모습을 객관적으로 보기 어렵습니다. 단적인 예를 들어보겠습니다. 역사적으로 인간이 자신의 전신(全身)을 어디에 비춰본 게 얼마나 되었을까요? 아주 옛날부터 청동거울이 있었지만 귀족계급이나 가졌던 귀한 물건이었습니다. 아무리 갈고 닦아도 희미한 얼굴이 비칠 뿐입니다. 잔잔한 물에 모습을 비춰보고 자신을 확인한 일이 더 흔한 일이었겠지요. 누가 더 예쁜지 물어볼 수 있는 거울이 나온 것은 그리 오래된 이야기가 아닙니다. 평민이 거울이나 유리에 전신을 비춰본 것은 19세기에 와서야 가능해졌습니다. 그것도 그때 지구상에서 가장 발달한 프랑스 파리에서 말입니다. 그때서야 비로소 유리가 건축 자재로 사용됐습니다. 18세기에 이미 채광의 도구로 유리가 사용됩니다. 하지만 건축 전면을 유리로 만든 것은 철과 콘크리트가 건물의 골격을 이루기 시작한 19세기에 이르러 가능해집니다. 건축물에 유리를 사용한 것과 인간이 자기 자신을 객관적으로 보기 시작한 것과는 어떤 상관관계가 있을까요?

자, 이제 사람들은 거리를 걸으면서 자기 모습을(그것도 전신을) 비춰봅니다. 쇼윈도를 통해서 말이지요. 자기 자신만 보는 것은 아닙니다. 함께 간 친구의 모습과 자기를 비교해보기도 하고, 그냥 지나가는 사람과 자기를 비교하기도 합니다. 객관화는 비교를 통해서만 가능합니다. 다른 사람과 혹은 다른 대상과의 여러 가지를 비교해서 자신의 위치를 가늠해보는 것이지요. 건축물에 유리가 사용되었다는 사실은 건축사나 도시사(都市史)에서만 중요한 것이 아니라 사람들의 의식을 변화시켰다고 봅니다.

쓴 글을 다른 사람에게 보여주는 것이 중요하다는 말이 너무 멀리 와버렸군요. 19세기 파리의 변화를 예로 든 것은 그만큼 인간은 스스로를 객관화하기 어려운 존재라는 말을 하고 싶어서입니다. 글을 친구에게, 남편에게, 아내에게 보여주십시오. 그들의 피드백에서 얻는 것이 적지 않을 것입니다. 듣고 다시 한 번 글을 고쳐보십시오.

작은 차이가 큰 차이를 만든다는 말은 글에서도 예외가 아닙니다.

퇴고의 과정을 거치면서 글이 얼마나 단정해지고 깊어지는지 그 예를 보겠습니다. 다음 세 원고는 초고 → 첨삭 → 퇴고(1) → 재첨삭 → 퇴고(2)를 거친 글입니다. 퇴고는 글의 큰 단위에서부터 작은 단위로 하는 것이 좋습니다.

여기에서 자전적 글쓰기의 첨삭에 대해 몇 가지 설명을 하겠습니다. 퇴고하기는 분명히 글쓰기에서 꼭 필요한 과정이고 중요합니다.

하지만 '자전적 글쓰기'가 전문적인 글을 쓰는 사람을 대상으로 하지 않기 때문에 글 전체를 어떻게 고치면 그때의 상황이나 감정을 효과적으로 전달할 수 있을까에 첨삭의 초점을 맞췄습니다. 좋은 문장을 쓰기 위해 정확하고 꼼꼼한 퇴고를 거쳐야 하는 것은 분명합니다. 숙련의 시간도 많이 필요합니다. 하지만 거기까지 생각하면 글쓰기가 어렵고 두려울 수 있습니다. 맞춤법이 맞지 않아도 괜찮습니다. 문장 호응이 잘 맞지 않아도 됩니다. 하나씩 고쳐나가면 됩니다. 여기서의 퇴고 과정도 작은 것에 집착하지 말고 큰 변화만을 살펴보면 좋을 듯합니다. 맞춤법이나 표현에 대한 첨삭이 있지만 그건 그렇구나 하고 한 번 읽고 넘어가면 됩니다. 자전적 글에서 최고의 목적은 얼마만큼 기억을 좀 더 구체화시킬 수 있느냐입니다.

초고는 그야말로 '마구 쓰기'한 글이기 때문에 글 전체에서 어떤 것을 부각시키면 좋을지 잡아내서 다시 글을 쓰는 것이 좋습니다. 세부적인 것은 퇴고한 글에서 고쳐도 됩니다. [퇴고 1]에서 문장 표현이나 더 가져올 만한 장면들을 고민합니다. 그리고 [퇴고 1]이나 [퇴고 2]에서 어떤 문장에서부터 이 글을 시작하면 효과적일까 한 번쯤 더 생각하면 좋습니다. 첫 문장을 글의 다른 부분에서 끌어오는 것만으로도 구성이 탄탄해집니다. 이것은 앞서서 말씀드린 포물선 구성의 변형입니다. [초고], [퇴고 1]에서는 포물선 구성의 형태를 유지하다가 [퇴고 2] 또는 [퇴고 3]에서는 기존의 글 중간 부분을 앞으로 가져오는 거죠. 물론 원래의 구성을 유지해도 됩니다만 대체로 이렇게 구성을 바꿔보는 것이 좀 더 효과적일 경우가 많습니다. 글 전체가 갖춰지면 문장 표현을 고치고, 맞춤법이나 띄어쓰기 등과 같이 단어 단위까지 보면 됩니다.

[초고] 나는 해고되었다: 인생 중반의 변곡점

IMF라는 지진 해일이 우리나라에 덮쳐왔다. 그 높고 무서운 쓰나미를 내가 다니는 회사도 피해갈 수 없었다. 외국의 돈과 은행의 돈을 빌려와 사업을 벌이는 것은 사업가의 능력으로 평가받는 시기다. 그러나 IMF 사태는 차입금이 많은 회사는 용서하지 않았다. 많은 회사들이 뿌리째 흔들렸다. 구조조정, 희망퇴직이라는 이름으로 실업자들이 거리로 쏟아져 나오고 있었다. 15년이나 다닌 회사였고 나는 부서장을 맡고 있었다. 위탁경영을 맡은 H사는 부장급 이상은 전부 내보내야 한다는 입장이었다. 회사에서는 매일 사표 제출 인원을 집계하였고, 암묵적인 퇴사 압력이 매일 가해졌다. 그래, 내가 다니는 회사가 망했다면 그 회사를 15년이나 다닌 그리고 간부인 내 책임이 있다. 사표를 내자. 그 후에는 그 후대로 맞닥뜨려보자. 이런 마음을 먹었다.

'난파선에 끝까지 남아 있으면 반드시 죽겠지만 난파선에서 바다로 뛰어내리면 살아날 가능성이라도 있다.'

나는 사표를 던지고 회사를 나왔다.

나는 이제 오십이다. 두 아들이 대학생이다. 이제 학비를 어떻게 할 것인가. 어디서 일자리를 찾아야 할까?

15년 다닌 회사 짐을 정리하고 나오는 데는 30분밖에 걸리지 않았다. 책상 서랍과 책상 위의 개인 짐들은 종이박스 2개에 담아서 자동차 트렁크에 던져넣었다. 어색한 악수를 나누고 사무실을 나온다. 내 책상, 내가 일했던 사무실을 다시 둘러본다. 가슴 한 구석에서 차가운 바람이 획 지나간다. 자동차 유리창 밖으로 회사 건물이 낯선 모습으로 멀어져 간다.

내가 쫓겨나오는 이 회사는 나의 황금기 15년이 고스란히 녹아 있는 일터다. 나는 이 회사가 창설될 때부터 일했다. 한적한 어촌에 대단위 조선소 설립이 결정되었고 땅을 깎고, 기둥을 세우며 웅장한 공장이 세워졌다. 매일 새벽 6시에 조찬회는 시작되었고, 회의에서는 모든 공정, 인력 확보 내책, 기동 계획이 점검되고 발표되었다.

매일 기술표준서가 작성되었다. 가장 중요한 것은 인력 확보다. 그것도 조선 전문 기술이 있는 경력기술자를 확충하는 일은 참으로 난제였다. 매일 전화기와 씨름했다. 모든 인맥을 동원해 사람을 찾아냈다. 그리고 같이 일해보자고, 여긴 비전이 있다고 설득했다. 그러기를 2년간이나 했고 조직을 완전히 갖추었다. 생산도 본 괴도에 올랐다. 세계 최신형 장비로 갖춘 세계적 조선소가 완공된 것이다.

이제 탄탄대로를 엑셀레이터를 밟으며 질주하면 된다. 새벽 6시부터 밤 늦게까지 일에 매달린 결실이 맺어지던 그 시기에 IMF의 쓰나미가 덮쳐온 것이다. 그리고 나는 명예퇴직이라는 이름으로 그 회사에서 해고되었다.

✚ [초고] 첨삭

50세에 한 가정의 가장이 해고되었습니다. 회사 설립 때부터의 근무한 '터줏대감'이었고, 회사의 성장과 같이 해왔는데 돈이 가장 많이 들어갈 시기에 해고되었습니다. 이 글은 담담히 최대한 그 사실에서 거리를 두고 글을 썼는데, 좀 더 좁혀서 써보는 것도 좋겠습니다. 해고된 그날 주변 사람들의 반응, 해고를 받아들이는 심정, 마지막 출근해서 짐을 가지고 나오기까지를 세심하게 보여주면 50대 가장의 급작스런 해고를 좀 더 부각시킬 수 있지 않을까요?

[퇴고 1] 당신은 해고되었습니다

"당신은 해고되었습니다. 책상을 치워주세요!"
회사에서 이렇게 직접적으로 말하진 않았지만, 내가 맞닥뜨린 것은 이런 상황이었다.

H사는 내가 30대 후반에서 50대 초까지 15년을 근무한 조선소다. 만약 직장생활을 할 수 있는 나이로 본다면 이 나이 때가 인생에서 가장 역

동적인 시절일 것이다. 그 절정의 시기의 나를 통째로 쏟아부었던 회사에서 하루아침에 쫓겨나는 꼴이었다.

나는 이 회사를 세우는 ① 창설기부터 근무한 터줏대감이었다. 인천에서 중형선을 건조하던 H사는 세계적인 조선 호황기를 맞아 비약적인 사세 확장을 위해 새로운 도전을 시도했다. 남쪽의 한적한 어촌에 세계적인 대단위 첨단조선소를 건설하기로 한 것이다. 산을 깎고, 땅을 파고, 공장을 짓고, 기계를 설치하면서 거대한 규모의 조선소가 모습을 드러냈다. ② 매일 **아침** 6시 30분에 **조찬**회의가 있었다. 회의에서 모든 건설 공정, 전문 인력 확보 대책, 공장 가동 계획 등이 발표되고 점검되었다. 참으로 식은땀 나는 회의도 많았다. 그러나 새로운 역사를 만든다는 성취감은 기분 좋은 스트레스였다. 매주 기술표준서가 ③ 작성**되고**, 검토**되고**, 더 좋게 개정**되었다**. 가장 중요한 것은 전문 기술 인력 확보였다. 수백 명 이상의 전문 인력이 새로운 조선소 가동에는 꼭 필요했다. 그들은 경력 사원이어야 했고, 경력 있는 전문 인력을 확충하는 일은 참으로 난제였다. 할 수 있는 모든 인맥을 연결하여 사람을 찾아내고, 매일 전화기와 씨름했다. 출장도 많이 다녔다. 새로운 회사에서 같이 일 한번 해보자고, 여긴 남다른 비전이 있다고 설득했다. 그렇게 하기를 1년 여 만에 제대로 된 조직을 ③ 갖추게 **되었다**. 그리고 회사의 생산도 본 ④**괘도**에 진입하기 시작하였다. 맨땅에 헤딩하기가 거의 완료되고 있었다. 새로 건조한 초대형 선박이 ③진수**되고** 인도되기 시작하였다. 수주량도 충분하였다. 이젠 탄탄대로를 엑셀레이터만 밟으면서 질주하면 되었다. 드디어 땀의 결실이 맺어지고 있었다. 그런데 그와 같은 시간에 거스를 수 없는 운명처럼 IMF 외환위기의 ⑤**도화선 엔 불이 붙어서** 나의 일터를 소리 없이 덮쳐오고 있었다.

1999년 IMF 외환위기가 한국에 닥쳐왔고, 내가 다니던 H사는 그 위기 를 피해가지 못했다. 회사는 생존을 위한 모든 수단과 방법을 동원해보 았지만 이미 엎질러진 물이나 마찬가지였다. 채권단으로부터 회생 불 가능 판결을 받았고, 결국 세계 1위 조선사 현대중공업에 위탁경영하는 것으로 ③ 결정**되었다**. 현대중공업에서는 새로운 위탁경영진들이 ③ 파견**되어** 왔고, 그들은 부장급 이상은 내보내라는 입장이었다. 구조조 정이라는 이름의 정리해고였다. 암묵적인 사표 종용 압력이 매일 가해 졌다. 사람들은 동요했고 서로 눈치를 보면서 각자도생의 길을 찾고 있 었다.

1998년 그 시절까지는 외국의 돈과 은행의 돈을 가능한 많이 빌려와 사 업을 벌이는 것이 사업가의 능력이었다. 그들이 애국자였다. 많은 기업 의 신화들이 그렇게 ⑥탄생하고 있었다.
그러나 외환위기는 기업의 과도한 부채비율을 용서하지 않았다. 몇 천%의 부채비율을 200% 이하로 만들라는 절대적인 명령이 떨어졌 고, ⑦ **애시당초** 그것이 불가능했던 빚이 많은 회사들은 그대로 **망해 갔었다**.

⑧<u>나는 그때 오십이었다.</u> 대학교에 다니는 두 아들이 있었고, 대학등록금 등 돈이 가장 많이 들어가는 시기였다. 이제부터 자식들 학비는 어떻게 대야 하는가? 어디에서 새로운 일자리를 찾아야 하나? 앞으로 최소 15년은 더 일해야 하는데 어떻게 해야 하나? 그때 바깥세상은 일자리 빙하기였다. 눈만 뜨면 망하는 회사들 소식뿐이었고, 등산로마다 일자리를 잃은 실업자들의 행렬이 이어진다고 매스컴은 떠들어대고 있었다. 심지어 그 고통의 무게를 견디지 못하고 극단적인 선택을 하는 사람들의 뉴스도 계속되었다.

✚ [퇴고 1] 첨삭

1. ① 창설기 → 처음 설립할 때

꼭 필요할 때가 아니면 한자말은 풀어쓰세요.

2. ② '아침'과 '조찬' → 의미 중복

'조찬'이란 한자어를 삭제하세요.

3. ③ 되다 → 하다

사람마다 습관적으로 사용하는 어휘나 문장 구조가 있습니다. 이를 알아차리고 고치면 됩니다. 이 글에서 '되다'는 모두 '하다'로 고치는 게 좋아요.

4. ④ 괴도 → 쾌도

맞춤법에 맞게 쓰도록 하세요.

5. ⑤ 상투적인 비유는 쓰지 않는 것이 좋아요.

6. ⑥ 탄생하고 있었다 → 탄생했다

상태를 강조하는 것이 아니라면 '~하고 있었다'는 표현보다는 '~했다'라고 표현하는 것이 좋습니다.

7. ⑦ 문장 전체가 어색합니다. 고친다면 '애당초 빚이 너무 많은 회사였기 때문에 망할 수밖에 없었다. 나중에 그 사실을 알았다' 정도로 고칠 수 있습니다. 문장에서 '애시당초'는 일의 맨 처음이라는 뜻으로 '애초'를 강조하는 이르는 말입니다. '애시'라는 말은 잘못된 표현입니다. '망해갔었다'와 같은 대과거는 꼭 필요할 때만 사용합니다.

8. ⑧ 나는 그때 오십이었다 → 그때, 나는 오십이었다

문맥상 이렇게 표현하는 것이 효과적입니다. '나는'으로 시작되는 문장은 '그때'로 시작하는 문장보다 긴장감이 덜합니다. 때론 단어의 순서를 바꾸는 것으로 느낌이 달라집니다.

9. 사표를 내기까지 회사의 분위기나 동료들과의 갈등, 개인적인 고민 등이 들어가면 글의 깊이가 생깁니다. 글에 감정이 그대로 드러나는 것도 경계해야 하지만 상황을 객관적으로만 서술하는 것도 한계가 있습니다. 심리를 드러내는 장면이 더 들어가면 다른 사람의 얘기가 아닌 자신의 목소리가 담깁니다.

10. 전체 원고 분량을 원고지 기준 13~15매 내외로 늘리는 것이 좋습니다. 그 정도 분량이 되어야 한 꼭지로 적합합니다.

[퇴고 2] 당신은 해고되었습니다!

"당신은 해고되었습니다. 책상을 치워주세요!"

회사에서 이렇게 직접적으로 말하진 않았지만, 내가 맞닥뜨린 것은 이런 상황이었다.

H사는 내가 30대 후반에서 50대 초까지 15년을 근무한 조선소다. 만약 직장생활을 할 수 있는 나이로 본다면 이 나이 때가 인생에서 가장 역동적인 시절일 것이다. 그 절정의 시기의 나를 통째로 쏟아부었던 회사에서 하루아침에 쫓겨나는 꼴이었다.

나는 이 회사를 처음 설립할 때부터 근무한 터줏대감이었다. 인천에서 중형선을 건조하던 H사는 세계적인 조선 호황기를 맞아 비약적인 사세확장을 위해 새로운 도전을 시도했다. 남쪽의 한적한 어촌에 세계적인 대단위 첨단조선소를 건설하기로 한 것이다. 산을 깎고, 땅을 파고, 공장을 짓고, 기계를 설치하면서 거대한 규모의 조선소가 모습을 드러냈다.

매일 아침 6시 30분에 회의를 했다. 회의에서는 건설 공정, 전문 인력 확보 대책, 공장 가동 계획 등을 발표하고 점검했다. 돌이켜보면 긴장되는 회의도 많았다. 그러나 새로운 역사를 만든다는 성취감은 기분 좋은 스트레스였다. 매주 기술표준서를 작성하고 검토하고 또 개정했다. 가장 중요한 것은 전문 기술 인력 확보였다. 수백 명 이상의 전문 인력이 새로운 조선소 가동에는 꼭 필요했다. 그들은 경력 사원이어야 했고, 경력 있는 전문 인력을 확충하는 일은 참으로 난제였다. 할 수 있는 모든 인맥을 연결하여 사람을 찾아내고, 매일 전화기와 씨름했다. 출장도 많이 다녔다. 새로운 회사에서 같이 일 한번 해보자고, 여긴 남다른 비전이 있다고 설득했었다. 그런 노력 끝에 1년 여 만에 회사는 제대로된 조직을 갖추었다. 생산도 본 궤도에 진입했다. 새로 건조한 초대형 선박을 진수(進水)했다. 수주량도 충분하였다. 이젠 탄탄대로를 엑셀레이터만 밟으면서 질주하면 되었다. 드디어 땀의 결실이 맺어지고 있었다. 그런데 검은 그림자처럼, 거스를 수 없는 운명처럼 IMF 외환위기가 나의 일터로 소리 없이 덮쳐오고 있었다.

1999년 IMF 외환위기가 한국에 닥쳐왔고, 내가 다니던 H사는 그 위기를 피해가지 못했다. 회사는 생존을 위한 모든 수단과 방법을 동원해보았지만 이미 엎질러진 물이었다. 채권단으로부터 회생 불가능 판결을 받았고, 결국 세계 1위 조선사 현대중공업에 위탁경영하는 것으로 결정되었다. 현대중공업에서는 새로운 위탁경영진들을 파견했다. 그들은 부장급 이상은 내보내라는 입장이었다. 구조조정이라는 이름의 정리해고였다. 암묵적인 사표 종용 압력이 매일 가해지고 있었다. 사람들은 동요했고 서로 눈치를 보면서 각자도생의 길을 찾고 있었다.

1998년까지는 외국의 돈과 은행의 돈을 가능한 많이 빌려와 사업을 벌이는 것이 사업가의 능력이었다. 그들이 애국자처럼 보였다. 많은 기업의 신화들이 그렇게 탄생했다. 그러나 외환위기는 기업의 과도한 부채비율을 용서하지 않았다. 몇 천%의 부채비율을 200% 이하로 만들라는 절대적인 명령이 떨어졌고, 애당초 빚이 너무 많았기 때문에 망할 수밖에 없었다. 나중에 그 사실을 알았다.

그때, 나는 오십이었다. 대학교에 다니는 두 아들이 있었고, 대학등록금 등 돈이 가장 많이 들어가는 시기였다. 이제부터 자식들 학비는 어떻게 대야 하나? 어디에서 새로운 일자리를 찾아야 하나? 앞으로 최소 15년은 더 일해야 하는데 어떻게 해야 하나? 그때 바깥세상은 일자리 빙하기였다. 눈만 뜨면 망하는 회사들 소식뿐이었고, 등산로마다 일자리를 잃은 실업자들의 행렬이 이어진다고 매스컴은 떠들어댔다. 심지어 그 고통의 무게를 견디지 못하고 극단적인 선택을 하는 사람들의 뉴스도 계속되었다.

'타고 있던 배가 침몰하고 있다. 바다로 뛰어내려 죽어라 헤엄치면 일말의 생존 가능성이라도 있지만, 끝까지 난파선을 붙잡고 있으면 반드시 죽음뿐이다!'

그때 읽었던 책의 한 문장이 설득력 있게 내 마음속으로 다가왔다.

'떠나라 낯선 곳으로 그대 하루하루의 낡은 반복으로부터.'

고은 시인의 멋진 시 구절도 가슴에 와닿았다.

"그래! 사표를 내자! 내가 오래 다녔던 회사가 망했다면 간부사원인 나에게도 일정 부분 책임이 있다. 사표 낸 후는 그 후대로 맞닥뜨려보자!"

나는 이런 마음을 먹고 희망퇴직 신청서를 제출했다. 타의에 의한 구조조정 해고이지만 형식상으로는 자발적인 사표 제출인 것이다. 내일부터는 회사에 출근할 수 없게 된 것이다.

후임자는 이미 정해져 출근해 있었다. 그에게 내 자리를 빨리 비켜주어야 했다. 책상과 서류함, 옷장 등을 신속히 정리하고, 이삿짐 보따리를 얼른 싸서 사무실을 나가주는 게 내가 마지막으로 해야 할 일이었다. 이것은 나에겐 비극이 분명하지만 당시에는 희극처럼 느껴졌다. 심각하기보다는 무언가 어색했고 쑥스러웠다.

짐을 싸기 시작했다. 이젠 쓸모없어진 자료와 서류들은 폐지 박스에 던져넣었다. 개인적인 기록이 담긴 손때 묻은 몇 권의 업무 노트, 내가 만든 교육용 책자 예닐곱 권, 읽던 책 대여섯 권, 스크랩북, 손때 묻은 제도용품 몇 개, 필기구, 세면도구들은 별도의 종이 박스에 담았다. 항상 신었던 땀 냄새 배어 있는 안전화는 미련 없이 쓰레기통에 던져넣었다. 안전모는 책상 뒤에 있는 서류함 선반에 올려놓았다. 집에 가져갈 사물은 사과 박스 2개 분량이었다. 참 초라했다. 15년 다닌 회사에서 쫓겨나가는 짐이 고작 30분에 다 쌀 수 있는 사과 박스 2개 분량에 불과했다.

나의 업무를 인수할, 위탁경영사인 현대중공업 소속의 차기 부서장은 몇 발짝 떨어진 의자에 앉아서 멀뚱멀뚱 무신경한 표정으로 내 쪽을 보고 있었다. 어제까지 부장님이라며 나를 따르던 직원들은 쫓겨나가는 옛 상사에게 어설픈 위로의 말도 건네지 못하고 엉거주춤 어색한 표정들이었다. 나는 애써 담담하고 씩씩한 척 했다. 열댓 명의 부서원들과 이별의 악수를 나누었다. 이들은 내가 전화통과 씨름하며 뽑았던 사람들이었다. 다시 한 번 마지막으로 사무실을 휙 둘러보았다. 익숙했던 사무실 풍경이 낯선 모습으로 보였다. 내일부터는 이 사무실로 출근할 일이 없다. 영원히 없다.

"힘내! 회사 잘 살려놔야 해!"

내가 씩씩한 척 하며 큰소리로 말했다.

"부장님! 그동안 수고 많으셨습니다. 건강하세요!"

이제 남남으로 헤어질 직원들이 이별의 인사말을 건네왔다. 자동차 트렁크에 이삿짐 박스 2개를 팽개치듯 던져넣었다. 마치 화풀이하듯.

자동차 핸들을 잡고 오랫동안 정들었던, 그러나 앞으로는 다시 볼 일이 없을 조선소 현장을 마지막으로 한 바퀴 둘러보았다. 눈 감고도 다닐 정도로 익숙한 조선소 현장의 모습이 쓸쓸하게 비쳐왔다. 내가 처음 왔을 때는 황량한 들판이었는데 이젠 600톤 고리아스 크레인 4대가 서 있는 첨단조선소로 변해 있었다. 도크에서는 여전히 초대형 원유 운반선들이 건조되고 있었다.

그러나 이젠 이 풍경들이 나와는 아무 상관없게 되었다. 나는 이제 미련 없이 여기를 내 마음에서 버려야만 한다. 나의 미래를 다른 직장에서 새로 찾아야 하는 것이다. 그 직장은 어디에 있는지, 이름은 무엇인지 아무것도 알 수 없다. 그냥 맨몸으로 부딪치며 내일부터 찾아내야만 한다.

✚ [퇴고 2] 첨삭

밑줄 그은 글은 [퇴고 1]의 첨삭을 토대로 덧붙인 내용입니다. 사표를 쓰게 된 배경, 마지막 출근 날 짐을 싸는 장면 등이 추가되었습니다. [퇴고 1]의 글보다 마지막 출근 날 장면이 보충되었고 구체화되었습니다. 원고 분량도 원고지 15매 정도로 늘어났습니다.

글이 어느 정도 완성되었다면 이제 첫 장면을 고민해야 합니다. 글의 처음이 중요하다는 말은 아무리 강조해도 지나치지 않지만, 너무 의식하면 글쓰기가 두려워집니다. 기억을 충분히 끌어내고 구체적인 장면이 형상화되었을 때, 이미 써놓은 글을 보며 첫 문장(혹은 첫 장면)으로 사용할 문장이 있는지 고민해보는 것이 좋습니다. 이 방법은 의외로 쉽게 첫 문장에 대한 고민을 해결해줍니다.

이제 글의 첫 장면을 '이제 남남으로 헤어질 직원들이 이별의 인사말을 건네왔다'에서 시작하고, 과거의 이야기는 현재의 장면 사이에 넣으면 구성이 탄탄해질 것입니다.

[퇴고 3] 당신은 해고되었습니다!

이제 남남으로 헤어질 직원들이 이별의 인사말을 건네왔다.

"부장님! 그동안 수고 많으셨습니다. 건강하세요!"

"힘내! 회사 잘 살려놔야 해!"

내가 씩씩한 척 하며 큰소리로 말했다.

자동차 트렁크에 박스 2개를 팽개치듯 던져넣었다. 차 시동을 걸고 잠시 멍하게 앉아 있었다. 마음은 어서 빨리 조선소를 벗어나고 싶었지만 차는 정문이 아닌 조선소 현장으로 향했다. 그냥 떠나기는 아쉬웠다. 앞으로 다시 볼 일이 없을 조선소 현장을 한 바퀴 둘러보았다. 눈 감고도 다닐 정도로 익숙한 조선소 현장이다.

이곳은 황량한 들판이었다. 나는 이 회사가 처음 설립했을 때부터 근무한 터줏대감이다. 인천에서 중형선을 건조하던 H사는 세계적인 조선 호황기를 맞아 새로운 도전을 시도했다. 남쪽의 한적한 어촌에 세계적인 대단위 첨단 조선소를 건설하기로 한 것이다. 산을 깎고, 땅을 파고, 공장을 짓고, 기계를 설치하면서 거대한 규모의 조선소가 모습을 드러냈다.

매일 아침 6시 30분 회의로 하루를 시작했다. 회의에서는 건설 공정, 전문 인력 확보 대책, 공장 가동 계획 등을 발표하고 점검했다. 돌이켜보면 긴장되는 어깨가 무거운 회의도 많았다. 그러나 새로운 역사를 만든다는 성취감은 기분 좋은 스트레스였다. 매주 기술표준서를 작성하고 검토하고 또 개정했다. 가장 중요한 것은 전문 기술 인력 확보였다. 수백 명 이상의 전문 인력이 새로운 조선소 가동에는 꼭 필요했다. 그들은 경력 사원이어야 했고, 경력 있는 전문 인력을 확충하는 일은 참으로 난제였다. 할 수 있는 모든 인맥을 연결하여 사람을 찾아내고, 매일 전화기와 씨름했다. 출장도 많이 다녔다. 새로운 회사에서 같이 일 한번 해보자고, 여긴 남다른 비전이 있다고 설득했었다. 그런 노력 끝에 1년여 만에 회사는 제대로 된 조직을 갖추었다. 생산도 본 괘도에 진입했다. 새로 건조한 초대형 선박을 진수(進水)했다. 그 황량했던 들판에는 이제 600톤 고리아스 크레인 4대가 서 있고, 도크에서는 여전히 초대형 원유 운반선들이 건조되고 있었다.

1999년 IMF 외환위기가 한국에 닥쳐왔고, 내가 다니던 H사는 그 위기를 피해가지 못했다. 회사는 생존을 위한 모든 수단과 방법을 동원해보았지만 채권단으로부터 회상 불가능 판결을 받았고, 결국 다른 조선사에 위탁경영하는 것으로 결정되었다. 파견되어온 위탁경영진들은 부장급 이상은 내보내라는 입장이었다. 암묵적인 사표 종용 압력이 매일 가해졌다. 사람들은 동요했고 서로 눈치를 보면서 각자 살 길을 모색했다.

그때, 나는 오십이었다. 대학교에 다니는 두 아들이 있었다. 돈이 가장 많이 들어가는 시기였다. 이제부터 자식들 학비는 어떻게 대야 하나? 어디에서 새로운 일자리를 찾아야 하나? 앞으로 최소 15년은 더 일해야 하는데 어떻게 해야 하나? 눈만 뜨면 망하는 회사들 소식뿐이었고, 등산로마다 일자리를 잃은 실업자들의 행렬이 이어진다고 매스컴은 떠들어댔다. 심지어 그 고통의 무게를 견디지 못하고 극단적인 선택을 하는 사람들도 있었다.

'타고 있던 배가 침몰하고 있다. 바다로 뛰어내려 죽어라 헤엄치면 일말의 생존 가능성이라도 있지만, 끝까지 난파선을 붙잡고 있으면 반드시 죽음뿐이다!'

그때 읽었던 책의 한 문장이 설득력 있게 내 마음속으로 다가왔다.

'떠나라 낯선 곳으로 그대 하루하루의 낡은 반복으로부터.'

고은 시인의 멋진 시 구절도 가슴에 와닿았다. 그래, 사표를 내자! 내가 오래 다녔던 회사가 망했다면 간부사원인 나에게도 일정 부분 책임이 있다. 사표 낸 후는 그 후대로 맞닥뜨려보자.

나는 이런 마음을 먹고 희망퇴직 신청서를 제출했다. 형식상으로는 자발적 사표였다.

후임자는 이미 정해져 출근하고 있었다. 그에게 내 자리를 빨리 비켜주어야 했다. 책상과 서류함, 옷장 등을 신속히 정리하고, 이삿짐 보따리를 얼른 싸서 사무실을 나가주는 게 내가 마지막으로 해야 할 일이었다. 이것은 나에겐 비극이 분명하지만 당시에는 희극처럼 느껴졌다. 심각하기보다는 무언가 어색했고 쑥스러웠다.

짐을 싸기 시작했다. 이젠 쓸모없어진 자료와 서류들은 폐지 박스에 던져넣었다. 개인적인 기록이 담긴 손때 묻은 몇 권의 업무 노트, 내가 만든 교육용 책자 예닐곱 권, 읽던 책 대여섯 권, 스크랩북, 손때 묻은 제도용품 몇 개, 필기구, 세면도구들은 별도의 종이 박스에 담았다. 항상 신었던 땀 냄새 배어 있는 안전화는 미련 없이 쓰레기통에 던져넣었다. 안전모는 책상 뒤에 있는 서류함 선반에 올려놓았다. 집에 가져갈 사물은 사과 박스 2개 분량이었다. 참 초라했다. 15년 다닌 회사에서 쫓겨나가는 짐이 고작 30분에 다 쌀 수 있는 사과 박스 2개 분량에 불과했다.

나의 업무를 인수할, 위탁경영사인 현대중공업 소속의 차기 부서장은 몇 발짝 떨어진 의자에 앉아서 멀뚱멀뚱 무신경한 표정으로 내 쪽을 보고 있었다. 어제까지 부장님이라며 나를 따르던 직원들은 쫓겨나가는 옛 상사에게 어설픈 위로의 말도 건네지 못하고 엉거주춤 어색한 표정들이었다. 나는 애써 담담하고 씩씩한 척 했다. 열댓 명의 부서원들과 이별의 악수를 나누었다. 이들은 내가 전화통과 씨름하며 뽑았던 사람들이었다. 다시 한 번 마지막으로 사무실을 휙 둘러보았다. 익숙했던 사무실 풍경이 낯선 모습으로 보였다. 내일부터는 이 사무실로 출근할 일이 없다.

첫 출근부터 짐을 챙겨 나오기까지 긴 시간이 머리 속에서 흘러 지나갔다. 도크에 초대형 원유 운반선을 올려다보며 한참 그 자리에 서 있었다.

초고에서 퇴고까지는 어떻게 점점 더 구체화시킬까만 생각하면 좋겠습니다. 이 글은 초고에서는 자신의 해고에 대해 쓰면서 회사의 설립과정이나 IMF 외환위기 같은 것을 더 많이 부각시키고 있습니다. 퇴고를 거듭하면서 자신의 이야기로 좁혀지는 걸 볼 수 있습니다. 해고되어 회사에 출근한 마지막 그 하루에 모든 걸 다 담을 수 있습니다. 시간과 장소를 좁혀야 작은 이야기를 할 수 있습니다. 자전적 글쓰기에서 퇴고의 핵심은 시간과 장소를 계속 좁혀서 작은 이야기를 자세히 쓰는 것입니다. 맞춤법, 동어 반복, 습관적 어휘 사용, 수동 표현 등은 퇴고할 때 의식하면 보입니다.

퇴고를 거친 다른 예시 글을 살펴보겠습니다.

[초고] 인생 2막에 스케치북을 들다

초등학교 6학년 때 학교 대표로 미술대회에 출전했었다. 15개 학교의 대표들과 야외에서 그림 그리기 실력을 겨뤘다. 2등으로 입상했다. 전교생이 모인 운동장에서 교육감 상을 받았다. 자랑스러움에 가슴이 뜨거웠다. 그러나 그림은 여기까지였다. 기술이 있어야 살아갈 수 있다는 생각으로 공고로 진학했고 기술자의 길을 택했다. 나의 그림 그리기 소질과 꿈은 침잠되어 갔다.

69세인 오늘, 나는 조그만 스케치북을 들고 집을 나섰다. 백팩에는 수채물감과 붓도 들어 있다. 덕수궁 석조전 앞 등나무 그늘 밑 벤치에 자리를 잡았다. 석조전이 가장 멋지게 보이는 위치다. 분수대에서는 시원스런 물줄기가 솟아오르고 있다. 아래에 있는 네 마리의 물개 조각상 입에서도 포물선을 그리며 물이 뿜어져 나오고 있다. 왼손에 스케치북을 펼쳐 들었다. 오른손에는 0.1mm 피그먼트 펜을 잡았다. 석조전과 스케치북의 크기를 비교하며 잠시 구도를 잡아본다. 이어서 세밀하게 묘사할 전체 대상물을 관찰한다. 피그먼트 펜은 한 번 그으면 지울 수가 없다. 밑그림 없이 단번에 그림을 완성해야 한다.

평생학습관 '여행드로잉 강좌'에 등록했다. 미대를 나온 청년 강사는 참 쉽게 소묘에 대하여 설명해줬다. 그림은 똑같이 그리는 게 아니고 비슷하게 그리는 것이다. 대상을 자세히 보고 보이는 대로 그린다. 처해 있는 환경에서 편하게 그림을 그려라. 이런 말들이 마음에 새겨졌다. 청년 강사에게 매주 2시간씩 소묘를 배웠다. 이론과 실기가 병행되었다. 10강을 교육받은 후 오늘 첫 야외 스케치에 나섰다. ① 펜이 움직일 때마다 하얀 종이 위에 석조전이 재탄생하고 있다. 그리스 신전 기둥과 빼닮은 돌기둥이 쓱쓱 펜이 움직일 때마다 형상을 드러낸다. 옆에서 구경하던 신사분이 엄지를 치켜세운다. 조금 쑥스럽다.

직장생활에 매여 있던 시절, 경복궁 향원정에 가보면 캔버스를 펼쳐놓고 그림 그리는 사람들이 있었다. 뒤에 서서 바라보며 멋있다는 생각과 함께 부러워했다. 얼마나 공부하면 저런 경지에 도달할까 궁금했다. '아마 저 사람은 미대 나온 사람일 거야'라고 생각했고, 나와는 관계없다고 생각했다.

접어두었던 감수성을 다시 살려보기로 했다. 마음속의 그림에 대한 불씨가 되살아나 가슴 속에서 활활 다시 타오르고 있다.

✚ [초고] 첨삭

첫 야외 스케치를 했던 날을 현재의 장면으로 가져온 것을 보면 어떤 것을 글감으로 삼을까 글쓴이가 알고 있다는 증거입니다. 다시 그림을 그리게 된 배경이 초등학교 6학년 미술대회인 거죠. 그 미술대회 이야기가 더 들어가면 좋겠습니다. 제목은 '피그먼트 펜'으로 하면 글을 읽는 사람의 호기심도 자극하고, 그림 그리는 걸 상징적으로 보여줄 수 있습니다.

장면이나 글의 내용이 바뀌면 문단을 바꿔야 합니다. 앞 글 ①은 현재로 돌아온 장면이기 때문에 문단을 바꿔야 합니다. 글을 문단 단위로 쓰는 버릇을 들이면 큰 실수 없이 글의 논리(내용 흐름)를 이어 갈 수 있습니다.

[퇴고 1] 피그먼트 펜

초등학교 6학년 때 학교 대표로 미술대회에 ① 출전했었다. 15개 학교의 대표들과 야외에서 그림 그리기 실력을 겨뤘다. 2등으로 입상했다. 전교생이 모인 운동장에서 교육감 상을 받았다. 교장선생님이 상장과 상품을 전해주시며 어깨를 툭툭 쳐주셨다. 전교생이 ②우레와 같이 손뼉을 쳐주었다. 그런 박수를 받아보는 건 처음이었다. 자랑스러움에 가슴이 뜨거웠다. 상품은 까만색 플라스틱 주판이었다. 1960년대 초, 주판은 거의 나무로 만들어져 볼품이 없었다. 까만 윤이 반짝반짝 빛나는 플라스틱 주판을 처음 만져보았고, ③ 참으로 고급스럽게 느꼈었다.

학교 그림 그리기 대표로 선발된 후 일주일간 야외에서 그리기 집중 훈련이 이어졌다. 나와 선생님 둘이서만 화판, 스케치북, 수채물감을 들고 들판에 나가 집중 연습을 했다. 부여군 초등학교 미술경연대회는 야외 사생대회였다. 선생님은 들판에서 황금빛 보리밭 사이에 있는 초가집을 집중적으로 그리게 했다. 일주일에 이십여 장을 그렸다. 초가집의 고즈넉한 포근함과 황금 들판의 넉넉한 풍경 표현은 자신이 붙을 만큼 익숙해졌다.

그러나 정작 대회에 출전하니 기와집 그리기가 과제였다. 기와집 그리기는 한 번도 연습하지 않았었다. 그 시절 가난한 시골 마을에는 그릴 기와집도 별로 없었다. 순간 눈앞은 깜깜해지고 머릿속이 하얘졌다. 섬세한 기왓장 표현은 엄두가 나질 않았다. 도화지는 두 장을 줬다. 한 장의 여분을 준 것이다. 매 도화지 뒤에는 심사위원의 사인까지 되어 있었다. 그래도 주어진 과제를 그릴 수밖에 없었다. ㄱ자 형태의 기와집을 그리기 시작한 지 10여 분 후 거의 포기해야 할 지경이 되었다. 용기를 내어 감독 선생님에게 물어보았다.

"저, 선생님! 저는 기와집 가까이 있는 초가집을 그리고 싶은데… 안 되나요?"

선생님은 나를 한 번 훑어보더니 대답했다.

"그래, 좋을 대로 해라!"

감독 선생님은 초등학교 어린이의 애타는 눈빛을 뿌리치지 못한 것 같았다. 나는 후다닥 망친 기와집 그림을 화판에서 내려놓고, 한 장 남은 도화지에 초가집을 그리기 시작했다. ④그 그림이 2등에 입상한 것이다. 과제를 바꾸는 반칙을 했는데도 2등 상을 준 것을 보면, 그림 자체로는 최우수작이 아니었을까 혼자서 생각해보았다.

나에게 그림이라는 것은 ⑤ 여기까지였다. 확실한 기술 한 가지는 있어야 이 세상에서 먹고살 수 있다고 생각했고 공고에 진학했다. 꿈보다는 현실을 ⑥ 택한 것이다. 나의 그림 그리기 소질과 꿈은 침잠되어 갔다.

오십여 년의 세월이 지난 오늘, 나는 조그만 스케치북을 들고 집을 나섰다. 등에 걸머진 배낭에는 수채물감과 붓과 피그먼트 펜 세 자루가 들어 있다. 덕수궁 석조전 앞 등나무 그늘 밑 벤치에 자리를 잡았다. 석조전이 가장 멋지게 보이는 위치다. 분수대에서는 시원스러운 물 줄기가 솟아오르고 있다. 아래에 있는 네 마리의 물개 조각상 입에서도 포물선을 그리며 물이 뿜어져 나오고 있다. 왼손에 스케치북을 펼쳐 들었다. 오른손에는 0.1mm 피그먼트 펜을 잡았다. 석조전과 스케치북의 크기를 비교하며 잠시 전체 구도를 잡아본다. 이어서 세밀하게 묘사할 전체 대상물을 관찰한다. 피그먼트 펜은 한 번 그으면 지울 수가 없다. 밑그림 없이 단번에 그림을 완성해야 한다.

평생학습관 '여행드로잉 강좌'에 등록했다. 미대를 나온 청년 강사는 참 쉽게 소묘에 대하여 설명해줬다. 그림은 똑같이 그리는 게 아니고 비슷하게 그리는 것이다. 대상을 자세히 보고 보이는 대로 그린다. 처해 있는 환경에서 편하게 그림을 그려라. 이런 말들이 마음에 새겨졌다. 매주 두 시간씩 소묘를 배웠다. 이론과 실기가 병행되었다.

10강을 교육받은 후 오늘 첫 야외 스케치에 나섰다. ⑦ 펜이 움직일 때마다 하얀 종이에 석조전이 재탄생하고 있다. 그리스 신전 기둥과 빼닮은 돌기둥이 쓱쓱 펜이 움직일 때마다 형상을 드러낸다. 스케치가 끝났다. 핸드폰을 꺼내어 스케치를 사진으로 담았다. 수채물감을 꺼냈다. 붓으로 채색을 시작한다. 옅은 색부터 진한 색으로 채색한다. 회색빛 석조전, 푸른빛 분수대 연못의 물, 초록색 나무며 잔디가 생명력을 얻는다. 밝은 곳, 어두운 곳을 대비하며 그림자를 조금 진하게 덧입히자 그림은 한층 ⑧ 더 아름답게 살아난다. 그림자 표현이 그림에서 차지하는 비중은 대단함을 다시 실감한다. 채색까지 완성했다. 오른쪽 아래에 장소와 날짜를 써넣고 사인을 넣었다. 스케치와 채색까지 두어 시간 만에 괜찮게 완성됐다. 핸드폰에 완성된 그림을 담았다. 카톡으로 친구들한테도 보내고, 블로그에도 올릴 요량에서다. 옆에서 구경하던 신사가 엄지를 치켜세운다. 조금 쑥스럽다.

오랜 세월을 그림을 잊고 살아왔기에 그림과 나는 아무 관계가 없을 줄 알았다. 감성도 고갈되었을 것이고, 소질도 메말라 증발해버렸을 것으로 생각했다. 그림 같은 것은 그저 여유 있는 소수 사람만이 누리는 것이라고 생각했다. 아니었다. 그림 공부를 시작하니 사라진 줄만 알았던 관심과 열정이 새롭게 깨어나서 나를 부추긴다. 내 속에 감추어져 있던 내가 잘 모르고 있던 꿈의 ⑨ 불씨가 되살아나 활활 타오르는 것 같다. ⑩ 그림 그리기는 은퇴기 내 생활에 활력소가 되어 2막의 삶에 정신적인 여유와 풍요를 줄 것이다.

✚ [퇴고 1] 첨삭

1. 초고에 빠져 있던 초등학교 6학년의 미술대회에 나간 이야기가 자세히 들어왔습니다. 이 이야기가 보충되면서 글쓴이가 얼마나 그림 그리기에 애정이 있었는지, 현실적인 문제로 포기할 수밖에 없었는지 짐작할 수 있습니다. 앞의 글처럼 현재와 과거의 이야기가 섞여 있을 때에는 현재의 장면부터 시작하는 것이 글을 읽는 사람이 장면을 상상하기도 좋고 글의 전체 구도도 안정감이 있습니다.

2. ① 출전했었다 → 출전했다

대과거 사용은 과거에서 더 과거로 들어갈 때 한 문장만 써도 됩니다. 여기서는 그냥 '과거 시제'이므로 과거형으로만 쓰세요.

3. ② '우레와 같이'처럼 자주 사용하는 표현법을 가져올 때는 신중해야 합니다. 누구나 알고 있기 때문에 읽는 사람이 쉽게 받아들이지만 쉽게 받아들이는 것만큼 글의 긴장감을 떨어뜨립니다. 꼭 필요하지 않으면 쓰지 않는 것이 좋습니다. '전교생의 박수를 받았다' 정도로 충분합니다. 뒤에 '그런 박수를 받아보는 건 처음이었다'라고 덧붙인 문장도 있으니까요.

4. ③ '고급스럽다'라는 말 자체가 이미 느낌이니까 '참 고급스러웠다'로 고쳐보세요.

5. ④ ~입상한 것이다 → 입상했다

'~한 것이다'는 꼭 필요할 때만 사용하세요.

6. ⑤ 여기까지였다 → 거기까지였다

시간을 표현할 때도 가까운 것과 먼 것이 있습니다. 과거의 일이니까 '거기까지였다'라고 표현하는 게 자연스럽습니다.

7. ⑥ 택한 것이다 → 택했다

8. ⑦ 첫 문장, 첫 장면으로 사용하면 어떨까요? '펜이 움직일 때마다 하얀 종이에 석조전이 재탄생하고 있다.' 이 문장을 첫 문장으로 하고 현재에서 과거로 이야기를 끌고 가면 더 좋은 구성이 될 것 같습니다.

9. ⑧ '아름답다'라는 가치 표현의 어휘보다는 객관적인 단어를 사용하는 것이 효과적입니다. 예를 들면, '뚜렷해졌다' '생생해졌다' 정도의 어휘가 좋습니다.

10. ⑨ 불씨가 되살아나 활활 타오르는 것 같다 → 불씨가 되살아나고 있다

11. ⑩ 이렇게 평가의 글이 들어가면 글이 완성된 느낌은 들지만 좀 상투적으로 보입니다. 앞에서 충분히 '인생 2막'의 삶을 보여줬으니 아깝지만 삭제하는 것이 좋겠습니다.

[퇴고 2] 피그먼트 펜

펜이 움직일 때마다 하얀 종이에 석조전이 재탄생하고 있다. 첫 야외 스케치다. 그리스 신전 기둥과 빼닮은 돌기둥이 쓱쓱 펜이 움직일 때마

다 형상을 드러낸다. 스케치가 끝났다. 핸드폰을 꺼내어 스케치를 사진으로 담았다.

한 달 전에 평생학습관 '여행드로잉 강좌'에 등록했다. 미대를 나온 청년 강사는 참 쉽게 소묘에 대하여 설명해줬다. 그림은 똑같이 그리는 게 아니고 비슷하게 그리는 것이다. 대상을 자세히 보고 보이는 대로 그린다. 처해 있는 환경에서 편하게 그림을 그려라. 이런 말들이 마음에 새겨졌다. 매주 두 시간씩 소묘를 배웠다. 이론과 실기가 병행되었다.

초등학교 6학년 때 학교 대표로 미술대회에 출전했다. 15개 학교의 대표들과 야외에서 그림 그리기 실력을 겨뤘다. 학교 그림 그리기 대표로 선발된 후 일주일간 야외에서 그리기 집중 훈련이 이어졌다. 나와 선생님 둘이서만 화판, 스케치북, 수채물감을 들고 들판에 나가 집중 연습을 했다. 부여군 초등학교 미술경연대회는 야외 사생대회였다. 선생님은 들판에서 황금빛 보리밭 사이에 있는 초가집을 집중적으로 그리게 했다. 일주일에 이십여 장을 그렸다. 초가집의 고즈넉한 포근함과 황금 들판의 넉넉한 풍경 표현은 자신이 붙을 만큼 익숙해졌다.

그러나 정작 대회에 출전하니 기와집 그리기가 과제였다. 기와집 그리기는 한 번도 연습하지 않았었다. 그 시절 가난한 시골 마을에는 그릴 기와집도 별로 없었다. 순간 눈앞은 깜깜해지고 머릿속이 하얘졌다. 섬세한 기왓장 표현은 엄두가 나질 않았다. 도화지는 두 장을 줬다. 한 장의 여분을 준 것이다. 매 도화지 뒤에는 심사위원의 사인까지 되어 있었다. 그래도 주어진 과제를 그릴 수밖에 없었다. ㄱ자 형태의 기와집을 그리기 시작한 지 10여 분 후 거의 포기해야 할 지경이 되었다. 용기를 내어 감독 선생님에게 물어보았다.

"저, 선생님! 저는 기와집 가까이 있는 초가집을 그리고 싶은데… 안 되나요?"

선생님은 나를 한번 훑어보더니 대답했다.

"그래, 좋을 대로 해라!"

감독 선생님은 초등학교 어린이의 애타는 눈빛을 뿌리치지 못한 것 같았다. 나는 후다닥 망친 기와집 그림을 화판에서 내려놓고, 한 장 남은 도화지에 초가집을 그리기 시작했다.

그 그림이 2등으로 입상했다. 전교생이 모인 운동장에서 교육감 상을 받았다. 교장선생님이 상장과 상품을 전해주시며 어깨를 툭툭 쳐주셨다. 전교생의 박수, 그런 박수를 받아보는 건 처음이었다. 가슴이 뜨거웠다. 상품은 까만색 플라스틱 주판이었다. 1960년대 초, 주판은 거의 나무로 만들어져 볼품이 없었다. 까만 윤이 반짝반짝 빛나는 플라스틱 주판을 처음 만져보았다. 참 고급스러웠다. 과제를 바꾸는 반칙을 했는데도 2등 상을 준 것을 보면, 그림 자체로는 최우수작이 아니었을까 혼자 가끔 생각해봤다.

그러나 나에게 그림이라는 것은 거기까지였다. 확실한 기술 한 가지는 있어야 이 세상에서 먹고살 수 있다고 생각했고 공고에 진학했다. 꿈보다는 현실을 택했다. 나의 그림 그리기 소질과 꿈은 침잠되어갔다.

오십여 년의 세월이 지난 오늘, 나는 조그만 스케치북을 들고 집을 나섰다. 등에 걸머진 배낭에는 수채물감과 붓과 피그먼트 펜 세 자루가 들어 있다. 덕수궁 석조전 앞 등나무 그늘 밑 벤치에 자리를 잡았다. 석조전이 가장 멋지게 보이는 위치다. 분수대에서는 시원스러운 물줄기가 솟아오르고 있다. 아래에 있는 네 마리의 물개 조각상 입에서도 포물선을 그리며 물이 뿜어져 나오고 있다. 왼손에 스케치북을 펼쳐 들었다. 오른손에는 0.1mm 피그먼트 펜을 잡았다. 석조전과 스케치북의 크기를 비교하며 잠시 구도를 잡아본다. 이어서 세밀하게 묘사할 전체 대상물을 관찰한다. 피그먼트 펜은 한 번 그으면 지울 수가 없다. 밑그림 없이 단번에 그림을 완성해야 하는 것이다.

수채물감을 꺼냈다. 붓으로 채색을 시작한다. 옅은 색부터 진한 색으로 채색한다. 회색빛 석조전, 푸른빛 분수대 연못의 물, 초록색 나무며 잔디가 생명력을 얻는다. 밝은 곳, 어두운 곳을 대비하며 그림자를 조금 진하게 덧입히자 그림이 한층 생생해졌다. 그림자 표현이 그림에서 차지하는 비중은 대단함을 다시 실감한다. 채색까지 완성했다. 오른쪽 아래에 장소와 날짜를 써넣고 사인을 넣었다. 스케치와 채색까지 두어 시간 만에 괜찮게 완성됐다. 핸드폰에 완성된 그림을 담았다. 카톡으로 친구들한테도 보내고, 블로그에도 올릴 요량에서다. 옆에서 구경하던 신사가 엄지를 치켜세운다. 조금 쑥스럽다.

　오랜 세월을 그림을 잊고 살아왔기에 그림과 나는 아무 관계가 없을 줄 알았다. 감성도 고갈되었을 것이고, 소질도 메말라 증발해버렸을 것으로 생각했다. 그림 같은 것은 그저 여유 있는 소수 사람만이 누리는 것이라고 생각했다. 아니었다. 그림 공부를 시작하니 사라진 줄만 알았던 관심과 열정이 새롭게 깨어나서 나를 부추긴다. 내 속에 감추어져 있던 내가 잘 모르고 있던 꿈의 불씨가 되살아나고 있다.

　[퇴고 1]과 [퇴고 2]가 다른 것은 [퇴고 2]에서는 첫 장면을 현재의 장면으로 가져온 것입니다. 시간을 '현재-과거-현재'로 넘나들고 있습니다. 단순히 '과거-현재'의 순으로 이야기를 배열하지 않고 전달 효과를 높이기 위해 이야기를 재배열하는 것이 구성이라는 것을 앞에서 배웠습니다. 글쓰기에서 배워야 할 것이 있다면 '오직 구성'이라고 했습니다. [퇴고 2]는 [퇴고 1]의 구성을 바꿨을 뿐입니다. [퇴고 1]의 중간에 있는 문장을 글의 맨 앞으로 끌어왔습니다. 석조전을 스케치하고 있는 현재의 장면을 첫 장면으로 잡았습니다.
　내용은 거의 그대로고, 문장도 많이 바뀌지 않았습니다. 하지만 완전히 다른 글처럼 느껴집니다. 훨씬 집약적이고, 문장도 촘촘하게 느껴집니다. 이게 구성의 힘입니다. 현재-과거-현재, 이렇게 넘나드는 게 쉽지 않지만 몇 번 해보면 어렵지도 않습니다. 앞으로 책을 볼 때 작가가 현재에서 과거로 넘어갈 때 어떤 방식을 사용했는지 유심히 보고 활용해보십시오. 글쓰기의 또 다른 묘미를 맛볼 기회입니다.

4

자서전,
누구나 완성할 수 있다

*

자기를 표현할 방법도, 매체도 다양해졌습니다. 자신의 이야기를 만
드는 것이 자연스러운 일이 되었습니다. 이 모든 변화의 중심에 글쓰
기가 있습니다.

지난 수십 년 동안 자기 삶을 기록하는 것은 유명한 사람이나 돈 많은 사람의 전유물처럼 여겨졌습니다. 회고록 같은 자전적 기록은 때로는 역경을 헤쳐 나온 영웅인 양 자신의 업적을 포장하는 도구로 이용하기도 했습니다. 하지만 이제 자기 삶을 기록하는 일은 특정한 사람만의 전유물이 아니라는 것을 다 압니다. 여기저기서 자기만의 콘텐츠를 가지고 글을 쓰고, 자신의 이야기를 묶어서 책으로 발간합니다.

우리는 이제 다양한 방법으로 자기를 표현할 수 있고, 또 표현하는 것을 너무도 자연스럽게 받아들입니다. 언제 어디서나 사진이나 글을 다른 사람과 공유할 수 있습니다. 때론 그 '다른 사람'이 불특정 다수가 되기도 합니다. 멀리 떨어져 사는 친구가 무엇을 하는지 실시간으로 알 수 있습니다. 친구 한 명이 캐나다 캘거리에 살고 있는데 그가 올린 사진이나 글을 보고 아침은 뭘 먹었는지, 아이가 왜 학교에 결석했는지, 어디서 장을 보는지 알 수 있습니다.

필요한 정보가 있다면 길을 가다가도 인터넷에 접속해서 찾습니다. 얼굴 한 번 보지 못한 사람을 친구라는 이름으로 받아들이고, 시시콜콜한 이야기까지 나눕니다. 과거에는 상상할 수 없는 일을 우리는 자연스럽게 받아들이고 있습니다. 과학 기술의 발달은 우리의 생활 패턴을 완전히 바꿔버렸습니다. '지금 여기'에 살고 있으면서 동시에 또 하나의 세상인 '사회관계망' 속에 살고 있습니다.

기술 과학 분야의 베테랑 저널리스트 클라이브 톰슨은 《생각은 죽지 않는다》에서 새로운 틀은 우리가 '무엇을 생각할지'뿐만 아니라 '어떻게 생각할지'까지 결정한다고 말했습니다. 이 책에 따르면 글쓰기는 줄어든 것이 아니라 엄청나게 늘었다고 합니다. 미국에서만 매일 1,540억 통의 이메일을 주고받고, 5억 개가 넘는 글이 트위터에 올라오고, 160억 개의 단어가 페이스북에 올라온다고 합니다. 그뿐만 아닙니다. 블로그는 좀 더 전문적이고 개성 있는 글쓰기 플랫폼을 제공합니다. 파워블로거들의 영향력은 기존의 신문이나 방송의 그것과 비교해도 결코 뒤지지 않습니다. 가히 쓰기 폭발 시대라고 불릴 만합니다.

이 모든 변화의 매개가 바로 글쓰기입니다.

책 출간이 쉬워진 것도 일반인이 자서전 쓰기에 관심을 갖게 했습니다. 출판 방법도 다양해졌지만 과정도 단순해졌습니다. 예전에는 1,000권, 2,000권 단위로 책을 찍었다면 이제는 소량 출판도 가능해졌습니다. 무엇보다 전자책이 등장하면서 글을 책으로 묶는 것이 쉬워졌습니다. 이제 웹툰뿐만 아니라 거의 모든 장르의 책을 전자책으로 읽는 시대가 되었습니다. 바꿔 말하면 콘텐츠만 좋다면 일반인도 책을 내고, 인세를 받을 수 있습니다. 실제로 지난 몇 년 동안 한국의 출판 시장에서 좋은 콘텐츠를 책으로 낸 일반인이 스타 작가로 탄생한 경우가 많습니다. 책을 내고 싶은 사람들을 대상으로 한 전문 강사나 글쓰기 교실이 늘어난 것도 이런 사회적 요구를 반영한 것이라고 할 수 있습니다.

정리된 이야기만 있다면 어떤 형태로든 기록과 보존이 가능한 시대입니다.

내 삶, 한 편의 글이 된다면

자전적 글쓰기는 자기가 겪은 일 모두를 기록하는 것은 아닙니다. 기억 중에서 선택하고, 어떤 부분은 자세히 섬세하게 보여주고, 어떤 부분은 그냥 스치듯 잠깐 보여주기만 합니다. 마치 영화감독이 촬영을 할 때 카메라를 어떻게 사용할 것인가, 혹은 편집을 어떻게 할 것인가 고민하는 것과 비슷합니다.

픽스(fix)와 무빙(moving).

정지해서 보여줄 것인지 아니면 움직이며 흐름을 보여줄 것인지 결정해야만 합니다. 정지한다면 어느 위치에서 어느 정도 시간을 정지시킬 것인지 또 고민해야 합니다. 카메라를 움직이기로 했다면 어디서부터 시작해서 어디까지, 어떤 위치, 어떤 방향이 좋을지 상상해야 합니다.

글도 마찬가지입니다. 자세히 이야기하고 싶은 부분이나 강조하고 싶은 곳은 보여주기를 통해 정지해야 합니다. 스쳐지나가야 할 대목에서는 서술로 시간이나 공간을 훌쩍 뛰어넘으면 됩니다. 당연히 자세히 보여주는 부분이 의미를 부여하는 장면입니다. 아마도 감정도 거기 많이 스며 있을 테지요. 이런 전 과정을 살펴보면 자전적 글쓰기는 단순한 기록을 넘어서서 문학이라고 말할 수 있습니다.

자전적 글쓰기 강의 첫 시간에 다음 세 가지를 메모해서 발표하게 합니다.

1. 이름
2. 하는 일(혹은 했던 일)
3. 내가 바라는 글쓰기

모두 다른 동기와 목적을 가지고 강의에 참석합니다. 세월을 그냥 보내기 아쉬워서 뭔가 하나 남기고 싶다고 오신 분도 있습니다. 가까운 사람들에게 자기의 이야기를 기록해서 보여주고 싶은 마음으로 오신 분도 있고, 사람들에게 도움이 되는 책을 내고 싶은 분도 있습니다. 한국전쟁을 겪으신 분은 전쟁을 기억하는 마지막 세대라는 사명감에 전쟁에 대해 기록해보고 싶어서 왔다고 말씀하셨습니다. 여행기를 책으로 묶어보고 싶어서, 딸들과 잘 소통하기 위해서, 평소에 일기를 많이 쓰는데 그에 대한 평가를 받고 싶어서 오신 분도 있습니다.

강의에 참석한 사연은 다양하고, 목적도 제각각이지만 강의가 진행되면서 공통적인 것은 글이 깊어지고 진지해진다는 점입니다. 그것이 '글쓰기'라는 행위가 가진 힘입니다.

우리의 기억은 그저 망망한 바다와 같습니다. 기억을 굳이 바다라고 한 것은 우리가 살아온 기억들이 분명 우리의 뇌 어딘가에 저장되어 있지만 무엇이 얼마나 있는지 잘 모르기 때문입니다. 바다도 마찬가지입니다. 그 바다에 어떤 물고기가 살고 있는지 어디에 산호초 군락이 있는지 어디에 침몰한 폐선이 가라앉아 있는지 모두 알 수 없습니다. 글을 쓰면서 그 기억의 바다를 휘저어 뭔가가 잡히면 그것을 글로 표현해봅니다. 몇 편의 글은 증거물 같은 것이지요. 뭐가 잡힐지 모르는 상황에서 우리는 무엇을 위해 잠잠한 바다를 헤집어 기억을 더듬고 뭔가를 건져 올려서 기록해보겠다고 했던 걸까요?

이 물음에 대답하려면 우리는 처음의 질문으로 돌아가야만 합니다.

'나는 왜 내 삶을 기록하려고 했는가?'

아직 우리 기억의 바다는 미지의 세계로 남아 있고, 건져 올리지 못한 더 많은 이야기가 묻혀 있습니다. 글쓰기는 그것을 발견하기 위한 한 가지 방법에 불과합니다.

　존 로널드 로엘 톨킨이 쓴 《호빗》에서 마술사 간달프가 자신감이 없어 고민하는 영웅 빌보 배긴스에게 이렇게 말합니다.

　"당신이 알고 있는 그 이상의 무엇이 당신에게 있다."

　그렇습니다. 우리 안에는 우리가 알고 있는 이상의 것이 있습니다. 그것을 믿었기 때문에 우리는 우리를 기록하고 싶은 것이 아닐까요. 내 삶도 한 편의 글이 될 수 있습니다.

2017년

강진·백승권

단행본 및 전자책 출간 방법

1. 자비출판

다행히 비용을 부담하고 인세까지 주는 출판사를 만난다면 다행이지만 그런 경우가 아니면 종이책 출판은 대부분 자비출판으로 진행됩니다. 자비출판은 출판에 들어가는 비용을 저자가 직접 부담하여 책을 만드는 것을 말합니다. 출판사에서 출간 기획을 하고 저자를 섭외해서 비용을 출판사가 부담하는 것을 기획출판이라고 합니다.

출판 경험이 없는 초보 필자는 기획출판의 기회를 얻기 쉽지 않기 때문에 자비출판을 하게 됩니다. 디지털 인쇄 환경의 발전, 출판 시장, 출판 유통의 변화로 기획출판을 하지 않고 자비출판으로 책을 내는 필자들이 늘고 있습니다. 필자의 명성만으로 수익이 보장되던 시대는 이미 끝났습니다. 기획출판만으로는 분명

한계가 있지요. 따라서 자비출판을 검토하고 선택하는 시대를 맞고 있습니다. 자비출판은 이미 선진국에서 출판의 한 문화로 자리 잡을 정도로 활성화되어 있으며 일반인이 자신의 책을 내고 싶은 꿈을 펼칠 수 있는 출판 방법입니다.

자비출판을 이용하면 전문작가, 유명인이 아니라도 자신의 책을 출판할 수 있습니다. 출판사 편집자와 판매에 구애받지 않고 자신이 만들고 싶은 책을 만들 수 있습니다. 100~200부의 소량 책자도 제작할 수 있고, 소량 출판이기 때문에 인쇄 비용도 줄일 수 있습니다. 기획출판은 기본적으로 최소 1,000부 이상을 제작해야 했던 고민이 완전히 해결됐습니다. 자비출판 서비스업체에서 원고 교정, 편집, 디자인, 제작, 서적 유통까지 원스톱 서비스를 제공하기 때문에 완성도 높은 책을 소량으로 제작할 수 있습니다. 책이 더 필요한 상황이 생기면 주문형 출판(Publishing on Demand: POD)으로 '원할 때' '필요한 수량'만큼 인쇄·출판할 수 있는 장점도 있습니다. 유통 경로도 선택할 수 있습니다. 필자의 선택에 따라 본인만 가질 것인지, 인터넷 서점에만 유통시킬 것인지, 오프라인 대형서점까지 유통할 것인지, 도서총판을 통한 전국 유통까지 할 것인지 결정하는 것입니다.

내 책을 한 권 갖고 싶다는 꿈을 현실화시키기에 환경은 충분합니다. 하지만 무작정 덤비기보다 책을 펴내는 목적을 확실히 해둘 필요가 있습니다. 그래야 책의 제작 부수, 제작 비용, 표지 및 내지 디자인 비용, 책의 유통 방법까지 결정할 수 있기 때문입니다.

원고가 준비되면 출간하고 싶은 분야의 다른 책을 벤치마킹합니다. 표지 디자인, 페이지 수, 활자 크기, 판형 등을 살피고 확인해서 어떤 책을 내면 좋을까 마음속에 정하면 됩니다. 책의 크기, 인쇄 컬러, 책의 부수, 제본, 페이지 수 등의 방향을 정한 다음 견적을 의뢰합니다. 견적은 여러 곳에서 받는 것이 좋습니다. 단순히 비용만을 비교하기보다는 전문 편집자나 디자이너가 있는지, 최신 편집 시스템을 갖추고 있는지, 유통과 마케팅을 할 규모인지 등을 비교해봐야 합니다.

견적이 예상과 맞으면 계약을 체결합니다. 이때 꼭 책의 유통에 관한 내용도 포함해야 합니다. 계약금을 입금하고 원고 및 자료를 넘기고 편집과 디자인 방향을 협의합니다. 대략 20~30일 후 1차 원고를 PDF로 확인할 수 있습니다. 이 과정이 몇 차례 되풀이되는데 이때 어느 정도 선에서 고칠 수 있습니다. 최종 승인이 끝나면 인쇄에 들어갑니다. 그다음은 계약한 대로 유통 과정을 거칩니다.

책은 원고와 자료를 넘긴 날부터 30일에서 50일 정도 걸립니다. 원고를 고치는 과정에 따라 필요한 날짜는 유동적입니다.

2. 전자출판

전자출판은 책을 디지털 미디어를 이용하여 출판하는 것을 말합니다. 온라인 출판, 웹 출판 등과 같은 말로 혼동해서 사용되기도 합니다. 전자출판은 종이책에 비해 원고 파일만 있으면 출판이 비교적 쉽습니다. 특히 자가 출판을 할 수 있는 전자책 업체도 많고, 콘텐츠만 좋다면 책 판매로 인세를 받을 수도 있습니다.

전자출판은 출판의 모든 공정이 컴퓨터로 이루어지므로 고가의 장비와 인력이 절약됩니다. 뿐만 아니라 원고를 추가하거나 고치는 것이 쉽고 빠릅니다. 출판 과정도 배우기 쉽고 단순해서 누구나 이용할 수 있습니다. 다양한 글꼴과 레이아웃(layout)을 지원해 디자인도 쉽습니다. 표 작성, 수식 작성, 문자 및 소리, 그림, 영상 애니메이션 등 다양하고 복합적인 표현이 가능한 것도 큰 장점입니다. 멀티미디어 데이터(소리, 동영상)를 사용하므로 내용을 보다 현실감 있게 전달할 수 있습니다. 출판물 배포가 빠르고 사용자 입장에서 데이터 검색과 필요한 데이터를 발췌하기 편리합니다. 부피가 작고 보관이 쉬우며 대용량의 데이터를 보관할 수 있습니다. 하지만 컴퓨터를 모르면 정보를 볼 수 없을 뿐더러 훼손되면 모든 데이터를 잃게 됩니다. 또한 출판물을 판독하는 기기를 따로 구입해야 하고, 장시간 모니터를 사용해야 읽을 수 있어 눈이 피로하다는 것은 단점으로 꼽힙니다.

◎패키지형 전자출판

CD-ROM, DVD-ROM, 비디오 디스크 등과 같은 전자 매체에 내용을 기록하는 출판 형태로 문자, 그림, 사진 기록의 출판 형태에서 한 차원 높은 애니메이션, 움직이는 동영상 등을 구사할 수 있습니다.

◎통신형 전자출판

인터넷, PC 통신 등을 이용해 멀티미디어를 구현하여 정보를 전달하는 출판 형태입니다. 금융, 증권, 상품 정보, 법률, 홍보, 과학 분야, 방송, 신문, 잡지 등으로 범위가 계속 증가하고 있습니다.

현재 전자출판은 거의 모든 정보가 멀티미디어화 되어가고 있는 것에 발맞추어 종이뿐만 아니라 광디스크, CD-ROM, CD-I, LVD, CD-DA 등 전자적인 매체 출판물로 영역이 넓어지고 있습니다.

◎ 전자출판 업체

교보문고 퍼플

- 홈페이지: http://pubple.kyobobook.co.kr
- 파일 형태: ePub, PDF(POD는 PDF 파일)
- 판매처: 교보문고, 교보문고 제휴 판매처(네이버, 다음), B2B 전자도서관
- 판매 수익: 판매처에 따라 20~60%
- 교보문고 온라인 서점, 교보ebook어플: 판매가의 60%
- 제휴 판매처인 네이버(책 코너), 다음(책 코너): 판매가의 50%
- B2B 전자도서관: 판매가의 50%
- POD: 판매가의 20%(실제 책으로 제본해 판매하는 방식)

구글북스

- 홈페이지: https://books.google.com/partner
- 파일형태: ePub, PDF
- 판매처: 구글플레이
- 리베리오: 구글드라이브에서 바로 전자책을 출판하도록 도와주는 구글 사이트

아마존(킨들 퍼블리싱 프로그램)

- 홈페이지: http://www.amazon.com/gp/feature. html?docId=1000234621
- 판매처: 아마존
- 판매 수익: 판매가의 70%

3. 출판사 투고

종이책으로 출간하는 경우 크게 두 가지로 나눌 수 있습니다. 앞서 말씀드린 자비출판이 한 예이고, 다음이 투고입니다. 투고는 글쓴이가 원고를 출판사에 보내 출판 여부를 타진하는 것을 말합니다. 이 방법을 가장 마지막에 소개하는 이유는 책을 출간하는 방법 중 하나이지만 현실적으로 쉽지 않기 때문입니다. 하지만 콘텐츠가 대중적이고, 매력적이라면 가능성이 전혀 없는 것도 아닙니다.

일반적으로 출판사에서는 투고 원고만 검토하는 사람이 따로 있지 않기 때문에 차분하게 그 원고를 검토한다는 게 쉽지는 않습니다. 따라서 몇 가지 전략을 가지고 투고해야 합니다.

먼저 자기가 쓴 글의 내용과 방향, 목적 등을 정확하게 파악해야 합니다. 출판사마다 책을 펴내는 분야가 조금씩 다르므로, 관심을 갖고 출간 목록을 살펴보세요. 그러면 출판사의 성격을 파악할 수 있습니다. 대형 서점을 방문했을 때 자신이 쓴 원고와 비슷한 책이 진열된 곳에서 출판사를 메모하는 것도 정보를 얻을 수 있는 한 방법입니다. 이런 과정으로 투고할 몇 개의 출판사 리스트를 만듭니다.

출판사 대표 이메일로 원고 파일을 보낼 수도 있고, 제본을 해서 우편으로 보낼 수도 있습니다. 투고할 때는 원고에 대한 설명이나 목차, 대략적인 소개글, 글쓴이 이력 등을 첨부하는 것이 좋습니다. 어떤 출판사는 홈페이지에 출판 의뢰서 양식을 올려놓습니다. 이름, 연락받을 전화번호, 이메일 주소도 잊지 말아야 합니다. 전체 원고를 읽지 않는다고 전제하고 첨부하는 글에서 짧지만 충분히 설명해야 합니다.

투고를 했으면 느긋하게 기다리면 됩니다. 원고 검토가 끝나고 출판 여부를 알려오는 경우도 있지만 개별적으로 연락을 하지 않는 경우도 있습니다. 충분한 시간이 지났는데도 연락이 없다면 출판사에 연락해서 확인해볼 수도 있습니다. 때론 일이 바빠서 원고 검토하는 것을 잊고 있을 때도 있으니까요.

출판을 거절당했다고 실망할 필요는 없습니다. 거절당한 이유를 분석하면서 원고를 더 단단하게 만들면 되니까요. 또, 투고를 준비하기 위해 조사하고, 원고를 다듬고, 비슷한 콘텐츠가 있는지 알아보고, 출판사 문을 두드려보면서 이미 많은 것을 배웠다고 생각하면 됩니다. 여러 출판사에서 거절당하고 나중에 세계적인 명작이 된 원고의 예는 얼마든지 있으니까요. 위대한 이야기꾼 스티븐 킹도 출판사로부터 수없이 많은 거절의 편지를 받은 것으로 유명합니다. 실망하지 않고 다시 방법을 찾으면 됩니다. 다른 출판 방법을 알아보면 됩니다.

소설가 강진·글쓰기 강사 백승권의

손바닥 자서전 특강

ⓒ 강진 백승권, 2017

초판 1쇄 발행 2017년 11월 30일
초판 2쇄 발행 2017년 12월 22일

지은이   강진 백승권
펴낸이   이상훈
편집인   김수영
기획편집   오혜영 김남희 이미아
마케팅   조재성 천용호 박신영 곽은선 노유리
경영지원   이해돈 정혜진 장혜정 이송이

펴낸 곳   한겨레출판(주) www.hanibook.co.kr
등록   2006년 1월 4일 제313-2006-00003호
주소   서울시 마포구 효창목길6(공덕동) 한겨레신문사 4층
전화   02-6383-1602~3 팩스 02-6383-1610
대표메일   happylife@hanibook.co.kr

ISBN 979-11-6040-115-8 03800